CW01508482

# LE DERNIER MODÈLE

## DU MÊME AUTEUR

### Romans et récits

*Est-ce bien la nuit ?*, Stock, 2002.

*Près d'elles*, Flammarion, 2003.

*Et les arbres n'en seront pas moins verts*, Assouline, 2005.

*La Mélancolie de Nino*, Scali, 2006.

*Le Père de mon père*, Philippe Rey, 2008.

*L'odeur du sang humain ne me quitte pas des yeux*, Mille et une nuits, 2009.

*Ville close*, Écriture, 2013.

### Livres d'art

*La Peinture moderne*, Nathan, 1985.

*Orsay peinture*, Nathan, 1986.

*Voyeur de première*, Mentha, 1991 ; La Table ronde, 1998.

*Le Paris de Lautrec*, Assouline, 2005.

*Maeght, une aventure de l'art vivant*, avec Y. et I. Maeght, La Martinière, 2006.

### Autres

*Lexique toxique*, illustré par Roland Topor, Michel Lafon, 1996.

*Petit Guide à l'usage de ceux qui s'intéressent encore à leurs contemporains*, Stock, 1990.

*Gainsbourg For Ever*, Scali, 2005.

*Gainsbourg à rebours*, Fayard, 2013.

FRANCK MAUBERT

# LE DERNIER MODÈLE

*Prix Renaudot Essai 2012*

*Pluriel*

Couverture : Rémi Pépin
Illustration : « Alberto et Caroline *chez Adrien* »
© photographie Collection Jacques Polge/Succession
Giacometti (Fondation Giacometti, Paris).

ISBN : 978-2-818-50384-3
Dépôt légal : juin 2014
Librairie Arthème Fayard/Pluriel, 2014.

*Pour Béatrice.*
*Pour Pierre Le-Tan.*

« Pourquoi ne pouvons-nous dominer ce qui est, comme du rebord d'une terrasse ? Exister, mais autrement qu'à la surface des choses, au tournant des routes, dans le hasard. »

Yves Bonnefoy, *L'Arrière-pays*.

L'après-midi de notre première rencontre, cet été d'il y a trente ans et plus, envahi d'une humeur sombre, due à un dépit amoureux, je m'étais réfugié dans les salles fraîches du musée d'Art moderne. J'avançais en somnambule, perdu au milieu d'une exposition de portraits, prêtant peu d'attention aux œuvres. Jusqu'à ce qu'un tableau m'arrête, ou plutôt un regard. Celui d'une jeune femme assise, face au peintre, dans une robe rouge, mains posées sur ses cuisses. Rien, a priori, ne distinguait cette peinture d'une autre. À mes yeux, si, pourtant. Ce portrait-là précisément me parlait. Un rayon de soleil oblique tombait sur le visage du modèle et étincelait d'un effet d'émail doré. Sous les résilles des traits foncés, la force de ses yeux profonds, comme creusés dans la matière, m'attirait. Et plus je les fixais, plus ils m'aimantaient, comme s'ils tournaient légèrement dans leur orbite pour m'hypnotiser. Ils agissent d'eux-mêmes, sans aucun soutien extérieur. Votre vision embrasse tout l'espace, toutes les images autour, et là, soudain un tableau, un seul, vous retient, il n'y a plus que lui, vous êtes avec lui. Plus rien n'existe autour. Vous reculez, vous avancez, vous entrez dans le tableau. Le tableau vient à vous. D'habitude, vous faites un effort d'abstraction ; lorsque l'on s'imprègne d'une peinture, il faut s'y tenir et ne pas se laisser distraire, ni se laisser happer par l'échappée d'une autre fenêtre, afin de rester au plus près de son sujet. Là, une lueur m'appelait, et cette femme assise me regardait, ne regardait que moi et devenait plus fort que tout. Planter son regard dans le sien. Il devient plus dense, plus pesant, comme chargé d'une énigme. Je l'écoute. Autour, le monde s'est tu. Seule subsiste sa lumière intérieure. Son visage absorbe votre attention tout entière.

On se fixe, je ne sais plus très bien lequel de nous deux scrute l'autre. Nous sommes restés un long moment dans ce face-à-face immobile, jusqu'à ce que les toussotements gênés d'un autre visiteur nous dérangent. À regret, je lui laisse ma place, je lus le cartel :

« Alberto Giacometti, *Caroline*, 1965, huile sur toile, 92 cm x 65 cm, collection privée. »

Je ne savais pas, à ce moment-là, que notre avenir allait être scellé et qu'un jour j'allais retrouver Caroline.

Dans le pays, l'hiver se prolonge. À Nice, il en est autrement. Aux terrasses des cafés, les premières chaleurs occupent les conversations. Un soleil sourd de tout l'espace, un soleil neuf de printemps, un soleil qui chauffe l'air. Les uns prévoient un retour prochain de la pluie ou du froid, les autres se rassurent et se contentent de l'accès de douceur. Au dernier étage d'un de ces immeubles de la Riviera construits après-guerre, dont les balcons ouvragés dessinent des vagues, une terrasse à l'abandon. En ce début de mois d'avril, si l'on s'y penche et si l'on incline la tête, on peut apercevoir, tout en bas, les touristes qui se suivent comme s'ils étaient à une procession. Ils apparaissent et disparaissent dans l'éblouissement du jour. La plupart d'entre eux parlent anglais, d'autres italien. C'est la promenade des Anglais qui mène à l'aéroport. Une femme, une toute petite femme menue, se tient à la rambarde de fer forgé. Elle hume l'air du printemps, observe ceux qui défilent en bas, elle n'attend personne. Un léger sifflement semble s'échapper de la minceur de ses lèvres soulignées d'un rouge dessiné à la hâte. Cette femme n'a l'air de rien, sinon d'un professeur de danse à la retraite, si l'on s'en tient à ses traits tirés qu'accentuent des cheveux retenus par une barrette. Son visage ? Celui d'une femme vraie, qui n'a pas triché avec la vie, celui d'un bout de femme, comme perdue et fatiguée. L'intensité de son regard vous arrête et ses yeux noyés deviennent immenses, d'une clarté dévorante. Je reconnais ceux du portrait de Giacometti qui m'avait stupéfié, trente ans plus tôt, au musée d'Art moderne, ce sont ceux de « Caroline ». Comment oublier son regard ?

Avant de rencontrer quelqu'un pour la première fois, vous ne savez pas qui vous attend. Vous ne connaissez pas les accents de sa voix, ni son caractère, ni la lumière qui modèle la chair de son visage. Quand je l'ai appelée pour prendre rendez-vous, d'entrée elle a rejeté le « madame » et, à l'autre bout du fil, comme un grésillement lointain : « Appelez-moi Caroline. »

D'elle, je ne savais presque rien, et encore moins de son passé. Elle fut la dernière compagne d'Alberto Giacometti, sa « maîtresse », pour employer un terme bourgeois qui ne convient guère à cette femme, ni à l'artiste d'ailleurs, même si jusqu'à la fin de sa vie, en janvier 1966, Alberto demeura l'époux d'Annette.

Dans les dessins et les peintures de Giacometti, le cadre dans le cadre resserre et concentre jusqu'à focaliser l'attention sur les yeux. De ceux de Caroline, à force de recommencements, surgit un regard qui dit tout de sa personne. L'artiste y avait perçu une solitude et une douleur infinies. Là réside la discipline du créateur, qui s'attache à son modèle, là même où il ne laisse pas la vérité s'étouffer. Son acharnement aussi, qui fait que, même démuni, jamais il n'a renoncé à saisir l'essentiel. Alors, il restitue une énigme.

Aujourd'hui, des décennies après ces dessins, le même regard vert me fait face. Pas de difficulté à le saisir, il est immédiat, il ne ment pas, il interroge. C'est bien celui de la « Caroline » de Giacometti, son dernier modèle. J'en perçois la force et la détresse dépouillée de tout. Elle aussi perçoit que je l'examine, que je suis attentif au moindre de ses gestes, au moindre de ses déplacements. Dans un premier temps, elle se sent animal traqué et se défend par de petits rires nerveux, comme une succession de cris presque imperceptibles. Oui, elle se cache derrière son regard, et elle le sait.

Entre elle et moi, il semble qu'il n'y a rien, que rien ne passe. Quelle parole pour s'élancer ? Comment aborder l'autre rive, celle de ses silences ? Comme pour retarder ce moment, elle me fait la visite de son petit intérieur, un deux-pièces meublé du strict nécessaire. Quelque chose de délaissé et de négligé. Elle s'excuse d'ailleurs du désordre et prétexte sa santé qui lui joue des tours. La visite se poursuit : au fond, un bout de couloir en guise de cuisine, puis, contiguë, sa chambre et, sur une table de chevet, près de son lit défait, un exemplaire écorné de *Belle du seigneur* et une photo en noir et blanc d'Alberto, abîmée, comme si elle avait été froissée puis repassée. Un portrait sans cadre qu'elle ne cessera de brandir en me répétant : « Il est beau, mon Alberto. »

Dans le salon traînent sur une table basse les reliefs d'un repas ; contre le mur, un maigre matelas replié en trois dans un lit « clic-clac ». La présence d'un intrus dans un appartement est révélée par bien des signes, même s'ils sont dispersés. Des cendriers débordent de bouts de filtre, des plaquettes de cachets aussi. Caroline n'a pas l'esprit en repos. Elle susurre, maugrée, se plaint : « Il me maltraite, il me maltraite. » Qui héberge-t-elle ? Qui cache-t-elle ?

La baie vitrée s'ouvre sur le large balcon : je propose à mon hôtesse de nous installer à l'extérieur et de profiter des premiers rayons de soleil, si toutefois elle n'a pas froid. Elle marmonne des mots inaudibles et finit par acquiescer. Dans le ciel, les moyens-courriers laissent des traînées de gaz et répandent une odeur de pneus brûlés. Si l'on se penche, de biais, on aperçoit les palmiers de la promenade des Anglais et le bleu de la Méditerranée. De l'autre côté de l'étroite rue, un immeuble avance ses bow-windows. Les fenêtres sans rideaux laissent voir des pièces vides, comme si les locataires avaient dû brusquement quitter les lieux. Ces appartements silencieux donnent une sensation de froid et de vertige, de sol qui se dérobe sous nos pieds.

Caroline m'invite à prendre un siège en plastique blanc jauni et s'assoit à l'autre bout de la table du même ensemble de jardin. Une cage à oiseaux vide nous sépare. Sa porte est entrouverte. Les canaris se sont réfugiés, à l'autre bout de la terrasse, dans les branches sans feuilles et sans fruits d'un citronnier, arbre dénudé qui m'évoque celui sculpté par Giacometti pour le décor d'*En attendant Godot* de Samuel Beckett. « C'est leur cage, oui, c'est leur cage, mais ils sont

libres, ils vont, ils viennent... Je les envie. »
Les oiseaux piaillent, pépient ; ils sont huit
ou dix, peut-être plus, ils sautillent, on ne
peut les dénombrer. Leurs cris donnent vie
au paysage désolé qu'offre la terrasse avec ses
balais, seaux et serpillières à l'abandon.

Tout à coup, elle est là, entière, à moi
seul, et elle tente de se livrer. Enfin, oui, elle
essaie, elle se décide, à force que je l'y in-
cite : « Vous savez, moi, je ne sais pas parler.
Et je n'ai jamais parlé. » Elle allume une
Kool au menthol avec un mini-briquet Bic,
tire une longue bouffée, remonte le menton,
après avoir baissé la tête. « J'en fume depuis
que j'ai connu Alberto, les paquets ont
changé... » Ses mains aux doigts noueux
sont soignées. Quelque chose de tremblant
en elle, l'onde d'un souvenir : « Je l'ai aimé
à la folie, comme lui m'aimait à la folie... »
Toujours cette voix ténue, suspendue à un
fil. Dans le lointain, le ressac de la mer alterne avec le démarrage des motos, au feu
rouge, en bas, qui couvrent ses silences.

Tout en elle n'est que fragilité, jusqu'à ses
sourires qui ponctuent son mutisme. Il y a

chez elle une absence qui la rend, par moments, inaccessible. Je la regarde et la regarde encore, à la recherche des traits fins et légers de la belle femme de vingt ans, celle à qui Alberto avait succombé. Celle qui le fascinait tant et dont il était tant épris, à tel point qu'il renonça même, sur son insistance, à passer une soirée avec Marlène Dietrich. Après avoir remarqué, à l'exposition, au musée d'Art moderne de New York, le *Chien au corps efflanqué*, échine courbée, l'actrice avait insisté auprès d'un ami commun pour rencontrer le sculpteur. À Paris pour une série de représentations au théâtre de l'Étoile, la star se rend à l'atelier. Dans la poussière blanche, elle découvre le sculpteur perché sur une échelle, attelé à de hautes statues de femmes nues, mains collées sur les flancs. Marlène, accroupie à ses pieds, l'écoutait : « Mais ce qu'il dit fut si triste que j'en aurais pleuré […]. Lorsqu'il fut à ma hauteur, nous nous étreignîmes », écrit Marlène au détour d'une page de ses souvenirs. La visiteuse avait deviné l'identification de l'artiste, qui disait : « Ce chien, c'est moi. »

Alberto sut résister aux avances de l'Ange bleu et à ses insistantes roses rouges, accompagnées de ses billets griffonnés de « Je pense à vous ». Même s'il lui consentit quelques cafés, au creux de l'après-midi, dans un bar, à l'angle de la rue d'Alésia et de la rue Didot, il y eut de nombreux rendez-vous manqués. Une limousine et son chauffeur l'attendaient. En guise d'excuses, il lui arrivait de répondre par un dessin représentant un bouquet de roses, comme celui récemment mis en vente à l'hôtel Drouot. Pour clore leur histoire, il déposa une de ses statuettes en plâtre, un chat, à l'hôtel *Lancaster* où vivait alors l'actrice.

Caroline n'a pas de fierté quand elle évoque, par bribes, cette fausse idylle, convaincue qu'Alberto n'avait d'yeux que pour elle. D'ailleurs, il ne fit jamais poser Marlène. N'est-ce pas là la preuve de son désintérêt pour elle ? Tout comme ce soir-là où Caroline réussit à le garder auprès d'elle, alors qu'il devait rejoindre celle qui avait fait et faisait encore rêver tant d'hommes. Elle n'en tire aucune espèce d'orgueil. Caroline se contente d'une phrase qui dit pudiquement tout son amour : « J'ai plus que de la nostalgie pour Alberto. »

À cet instant, ses lèvres pincées esquissent un sourire d'une douceur triste. Suit un silence, comme si sa parole était venue de loin.

Nous nous contentons d'observer les serins tournoyer autour du citronnier en un ballet dont, seuls, les oiseaux détiennent le secret. Sa tête semble prise de légers vacillements. Dans l'air immobile, nous écoutons le chant des canaris. Elle me fixe, toujours ce mince sourire aux lèvres, son excuse. Lasse, elle effleure d'une main son front, comme pour chasser une migraine. Puis, quelque chose de tonitruant, les hurlements d'une ambulance ou d'une sirène de police. Je sais ce qu'elle pense dans sa petite tête d'oiseau : « Je serai quand même, bientôt, tout à fait morte, enfin. »

Elle relève la tête et finit par prononcer cette phrase. Je hausse les épaules, elle se lève et, perchée sur ses petites bottines, donne l'impression de marcher au trot.

Debout, elle ne tient pas d'aplomb, chancelle. Une cigarette allumée d'un geste élégant, par habitude. Elle tire une première longue bouffée. Sa manière de fumer, le rouge de ses ongles vernis, au bout de ses doigts, sa main que termine la cigarette jetée comme un défi, ramènent à des jours et des nuits enfuis, ceux des bars de Montparnasse qui remplaçaient les maisons de rendez-vous fermées après-guerre par Marthe Richard.

Caroline est jeune, très jeune, vingt ans à peine. Comment est-elle arrivée dans ce petit carré de Montparnasse, entre la rue Bréa et la rue Vavin, ce quartier où les filles entraînaient les clients à boire, à monter aussi peut-être, sans doute, avec elles, dans la chambre d'un meublé ou d'un proche hôtel ? Elle ne se pose pas la question, ne se l'est jamais posée : « J'étais jeune, et seule, il fallait bien se débrouiller. Vivre… » Oui, vivre sa vie.

Caroline vient de la côte vendéenne. Sans plus de précision. J'insiste. La vieille dame qui se tient devant moi préfère dissoudre ses souvenirs dans un sfumato confus. Secouée par une brève convulsion, elle agrippe ses doigts à la table de plastique, dans une émotion qu'elle contient mal. Sur son enfance perdue, je lui arrache une image sombre, puis une autre, un mot, des fragments de vie. Les difficultés d'une mère battue, l'Assistance publique… Le peu s'enchevêtre et se contredit. « Je n'ai pas connu mes parents… Euh, enfin si, sûrement… Mais, je ne les ai pas connus. » C'est curieux comme les fragments épars que je recueille font écho à ma propre enfance. Je ne le lui dis pas et la laisse poursuivre : « Ma mère était seule, enfin, il y avait des messieurs… » Elle s'interrompt, lève les yeux au ciel, regarde passer les nuages et leurs ombres, puis elle reprend sur le ton de la confidence : « Tant qu'à faire, j'aurais préféré n'avoir ni père ni mère… J'étais, en quelque sorte, abandonnée, mais on oublie ces moments-là, le sordide finit par disparaître. » Oui, on oublie, enfin, on essaie, mais je sais que l'abandon finit toujours par ressurgir et que ce sentiment ne vous quitte jamais. Ça, je le sais.

« Après, j'étais en pension chez des pasteurs, on nous enquiquinait tout le temps avec les prières… De toute façon, il n'y a pas de Dieu… Quel Dieu ? Je ne sais même plus où c'était. À Angers ? À Cholet ?… » Elle prétexte une perte de mémoire, suite à une chute sur la tête, ces derniers jours. Elle ne se plaint pas. Une femme qui a souffert ne se plaint pas. Elle a enfoui son pays de l'enfance, perdu son éden, jusqu'à l'ignorer, le gommer tout à fait. Aucune trace nulle part. Sa Vendée natale semble loin, bien loin. Ses écoles, qu'elle a quittées tôt, trop tôt, aussi. À quoi bon insister ? Oui, on préfère oublier.

Caroline ne se prénomme pas Caroline mais Yvonne, comme l'épouse du général de Gaulle. « Caroline » est plus pimpant. Ce prénom évoque les reines de siècles passés ou bien *Caroline chérie*, dans ces années-là, incarnée au cinéma par Martine Carol. C'est un homme qui l'a choisi pour elle ; elle ne me dira pas qui. Les filles préféraient utiliser des prénoms à la mode plutôt que le leur, marqué d'une époque plus ancienne. Il fallait bien, d'une manière ou d'une autre, sortir de sa condition. Oublier que l'on vous a oubliée.

Plus jeune, j'avais rencontré des filles qui avaient connu le même sort que Caroline, débarquées, elles aussi, de leur province et attirées par l'argent immédiat. Je ne dis pas facile, car ça ne devait pas l'être tous les jours, facile. Elles aussi, rue Saint-Denis, portaient des noms d'emprunt plus charmants ou plus exotiques que le leur. Je me souviens de Ludivine, de Sonia, d'Amande, de Flora… J'habitais leur quartier et je fréquentais leur café, un bougnat à l'angle de la rue des Lombards et de la rue Saint-Denis. Combien de fois m'avaient-elles prêté de l'argent ? Nous riions ensemble, nous buvions des canons, elles me racontaient leurs histoires avec leurs clients. L'une d'elles montait, tous les mercredis, avec un homme en costume trois-pièces qui l'obligeait à faire l'amour sur des escalopes de veau, avant d'aller les déguster avec sa femme. La perversion n'est pas toujours du côté que l'on croit.

Caroline s'appelle en fait Yvonne-Marguerite Poiraudeau, un nom de l'Ouest. « C'était moche et vieillot, cette Yvonne, ce n'était pas moi. Je sais que mon nouveau prénom m'a soulagée de ma vie d'avant. » Désormais et pour l'éternité, elle est un prénom qu'elle apprécie : Caroline, la Caroline de Giacometti.

J'ai retrouvé, il y a quelques semaines, dans un catalogue de ventes, une série de photos d'elle et d'Alberto prises à l'époque où elle commençait à « vivre sa vie ». La plupart de ces tirages en noir et blanc aux bords dentés porte la marque d'un tampon au nom de Caroline. Je les lui évoque, elle prétend ignorer leur existence. Un mystère de plus. Sur l'un de ces clichés, il semble que la scène se déroule *Chez Adrien*, un bar de la rue Bréa où Alberto avait ses habitudes. J'ai cherché son adresse exacte. Ce lieu, comme tous les autres bars du même genre et de la même époque, a disparu. J'ai interrogé des vieux concierges d'hôtel et des barmen à la retraite. En vain. Cette période est déjà lointaine. La plupart de ses acteurs se sont effacés. Dans les photographies, au fond du décor, une grille de fer forgé, et un tableau, un nu, dont on n'aperçoit que le bas, grossièrement peint à la manière cubiste. Caroline est attablée avec Alberto devant une bouteille de Coca-Cola et un flacon d'eau de Seltz. Son allure est celle d'une jeune femme moderne, comme l'on devait dire, à la fin des années cinquante. Déjà son visage dégage une grande mélancolie, même quand elle sourit. Ce qui ne l'empêche pas d'être gaie et légère, ce qu'elle exprime, en premier, malgré tout. Sur l'une des photos en noir et blanc, elle porte un twin-set clair et un collier de pierres foncées. Son chignon haut lui libère le cou et lui donne une allure très féminine. Sur une autre photo, elle a conservé son manteau au col échancré qui retombe sur les épaules. De profil, on remarque son nez légèrement retroussé, l'arc des sourcils et, toujours, ce quelque chose de perdu dans le regard. Un trait de mascara ne peut le dissimuler. Ils se tiennent côte à côte. Alberto a le dos voûté, son éternel air de chien battu, la mine chiffonnée des nuits sans sommeil. Il me semble les entendre. Ils parlent à voix basse, chuchotent, échangent des mots tendres. Je ne sais si parfois Alberto riait, il a l'air si triste. À la fin des années cinquante, Alberto est déjà un homme usé et fatigué. Il fume beaucoup, trop, allume cigarette sur cigarette. Quatre paquets par jour.

Qui a bien pu prendre la photographie ? Sur une autre de ces images figure une jeune femme aux cheveux courts, un grain de beauté au-dessus de la lèvre. Est-ce elle qui a pris les autres clichés ou est-ce plutôt ce serveur de *Chez Adrien*, Abel, un Noir à l'air charmeur et volubile qui se tient derrière l'objectif ?

Je me demande quand et dans quelles circonstances Alberto et Caroline se sont rencontrés. Alberto prenait aussi ses quartiers dans d'autres bars de Montparnasse, mais *Chez Adrien* avait sa préférence, pour la jovialité des filles. Parmi celles-ci, il y avait Ginette et Dany, des demoiselles simples, un rien débauchées. Il apparaissait autour de minuit et, parfois, faisait la fermeture vers les quatre heures du matin. Même si sa veste pouvait porter des traces de plâtre, personne ne prêtait attention à lui. Il se tenait toujours à la même table, celle du fond de la salle, encadrée de colonnes torsadées. Les filles lui donnaient avec respect du « monsieur Albert ». Qui aurait pu penser que cet homme à la mine grise, dans ses costumes chiffonnés, au milieu de quidams échoués là par hasard, des provinciaux, des hommes d'affaires, des représentants de commerce à la recherche de plaisirs fugaces, qui aurait pu deviner que « monsieur Albert » était un artiste reconnu ? Rien dans son attitude ne le laissait supposer.

*Chez Adrien* était un de ces lieux où ne se pose pas ce genre de question. Pour Alberto, c'était un refuge, loin des visiteurs qui pouvaient encombrer les après-midi de son atelier. En toute tranquillité, il y buvait des cafés ou une coupe de champagne, il y lisait les journaux ou son courrier, griffonnant un dessin au stylo à bille sur son quotidien ou au dos d'une enveloppe, et il y discutait avec les filles, de tout et de rien, jusque tard dans la nuit. Sans jamais se lasser, il observait leurs allées et venues avec les clients, cela avait l'air de l'amuser. Il leur payait des verres et il n'était pas rare qu'il leur donnât une poignée de billets pour les dédommager du temps perdu en sa compagnie ou pour rentrer en taxi quand la nuit était trop avancée.

À chacune de ses entrées dans l'établissement, Alberto parcourait la salle d'un œil scrutateur et détaillait les nouvelles recrues. Mais il n'avait pas tout de suite remarqué la petite dernière, qui se prénommait Caroline. Elle se différenciait des autres filles par un éclat certain et un naturel désarmant. Elle était aussi beaucoup plus jeune, vingt ans à peine.

À sa première apparition, Caroline est vêtue d'un blazer prince-de-galles. Sous l'éclairage tamisé du bar, Alberto a d'abord distingué la douceur de son sourire. Puis ses jambes croisées dans sa jupe pied-de-poule près du corps, quand elle s'est assise sur la banquette de moleskine rouge, devant un seau à champagne, à la table de deux habituées. Alberto est venu se joindre à elles et c'est lui qui engage la conversation. Après

quelques coupes, Dany et Ginette lui suggè-
rent de les emmener dîner toutes les trois à
l'*O.K.*, un restaurant où l'on sert tard,
jusqu'à cinq heures du matin. C'est à deux
rues de *Chez Adrien*. Elles connaissent bien
l'artiste. Tout de suite elles notent l'attirance
d'Alberto pour leur petite protégée. Ses plis-
sements de paupières et l'inclinaison de sa
tête expriment son admiration. Il ne cesse de
l'observer de très près : ses yeux verts, ses
pommettes, sa bouche rouge ; et dans son
allure, quelque chose d'élégant et de canaille
à la fois que renforce sa voix, déjà un peu
cassée. Caroline garde d'abord un air de ré-
serve, elle boit les paroles d'Alberto, puis, le
champagne aidant, elle finit par rire à chacune de ses phrases. À la fin du repas, Dany
et Ginette ont la délicatesse de se retirer discrètement.

« Je ne sais pas comment j'ai atterri rue
Bréa, mais je sais qu'avec Alberto ce fut immédiat. Tout de suite, il y a eu une drôle
d'attraction entre lui et moi, quelque chose
d'irrésistible et d'inexplicable. Il se demandait ce que je faisais là. Je ne faisais rien de

mal. On m'a dit qui il était. Pour moi, c'était un artiste. Je ne savais pas que c'était un si grand monsieur. J'ai d'abord été frappée par sa physionomie. À sa manière, il était beau, je le trouvais même très beau. »

Je risque une question sur leur différence d'âge. Sans réponse. « Il avait l'air tellement gentil et protecteur… »

Cette nuit-là tombe sur Paris une pluie fine, une sorte de crachin qui donne l'illusion d'être quelque part dans l'une de ces villes portuaires de l'ouest de la France. Caroline et Alberto marchent dans les rues de Montparnasse, bras dessus bras dessous, comme deux amoureux que tout rassemble. Lui, dans son vieil imperméable fripé, elle, dans son manteau beige au col échancré qu'elle a relevé. Lequel des deux a pris l'initiative de s'asseoir sur un banc ? Ils se serrent, s'enlacent, s'embrassent, puis repartent. Ils s'arrêtent contre un arbre, encore le temps de longues étreintes. Ils vont de bistrot en bistrot. Lui, alterne le café et le vin rouge, ou blanc ; elle, le Coca et les bulles du champagne. À mesure qu'avance la nuit, elle est sous son charme. Il l'impressionne. « Je me demandais comment un tel homme pouvait s'intéresser à une fille comme moi. » Cette rencontre en novembre 1958 est un voyage sans fin.

Vers quatre heures du matin, ils partagent des huîtres et une assiette de frites *Chez Dupont*, près de la gare Montparnasse. Alberto ne cesse de parler, et ses phrases l'envoûtent.

« Je me souviens de nos promenades de la nuit, nous marchions où nous menaient nos pas, légèrement ivres. Il parlait de tout, et je l'écoutais, j'aimais l'écouter et, jusqu'à la fin, j'ai aimé l'écouter. »

Leurs conversations alourdies de fatigue errent de bar en bar. Dès le début de leur histoire, Alberto est émerveillé par la jeunesse et la légèreté de Caroline. Près de quarante ans les séparent, il ne se lassera pas, elle non plus. Ils s'aimeront, à leur manière, en pointillés. Ils ne peuvent se passer l'un de l'autre, comme aimantés, et ils se retiennent l'un l'autre, ne se séparent jamais longtemps, jusqu'à la disparition prématurée d'Alberto.

L'artiste ne l'a pas emmenée tout de suite dans son atelier, rue Hippolyte-Maindron. Il se met à fréquenter presque tous les après-midi, au moins un après-midi sur deux, *Chez Adrien* ou l'*O.K.* Il l'attend, il l'épie aussi. Alberto pouvait patienter des heures durant, même ensommeillé, tassé sur lui-même, jusqu'au petit matin. Certains jours, elle ne venait pas. Et il ne comprenait pas son absence. Il questionnait le barman, qui se contentait d'un « Elle arrive ». Parfois, une semaine passe sans qu'elle pousse la porte du bar.

« N'importe quoi est trop long, trop compliqué. Diego à Stampa, Annette à Rome, Caroline disparue. Le téléphone sonne dans l'arrière-salle du bar, si c'était elle ? Non, personne ne vient m'appeler. Je croyais la voir à mon retour, non, silence, où est-elle ? Qu'elle revienne ! Qu'elle revienne ! Voilà tout ce que je sais écrire ce soir, ici, à cette table de l'*O.K.,* à quatre heures du matin », note fiévreusement Alberto, sur un carnet, une de ses nuits d'attente. Ces lignes rédigées à la hâte, répondent à ces quelques vers qu'il a écrits dans les années vingt.

> *J'avais perdu toutes*
> *les traces des*
> *femmes merveilleuses*
> *qui passaient*
> *dans une clairière.*

Alberto a toujours aimé les femmes et il n'a jamais caché sa passion pour les prostituées. Quand il ne montait pas avec l'une d'elles, il s'attablait à proximité de l'escalier où l'on voit passer des couples, la femme devant. Ailleurs, dans ses *Écrits*, il raconte : « Toutes mes courses promenades la nuit à travers Paris en 1923-1924 à la recherche d'une prostituée, obsédé par les prostituées, les autres femmes n'existaient pas pour moi, seules les prostituées m'attiraient et m'émerveillaient, je voulais toutes les voir, toutes les connaître et toutes les nuits je recommençais mes promenades solitaires. »

Combien de fois remontera-t-il et redescendra-t-il la rue Saint-Denis à la recherche de plaisirs fugaces ? Comment exprimer ce qui vous habite dans ces moments-là ? Moi aussi, j'avais vingt ans et je me perdais dans ces nuits-là, celles des bars crasseux des bas quartiers de Paris, celles des nuits d'errance à marcher jusqu'à l'aube, dans les rues étroites, à guetter les filles, avec le désir qui vous envahit, puis la mauvaise conscience. Et tout de même, finir par grimper les marches à peine éclairées de l'escalier derrière l'une de ces créatures. Vingt minutes après, les redescendre, l'esprit encombré d'un sentiment d'échec, de déchéance et de solitude encore plus fort, même si la fille m'avait appelé « mon prince ». Je rêvais de « Belle de jour » et de geishas aux manières raffinées et je me retrouvais à faire l'amour à la va-vite avec un corps absent et un doberman couché au pied du lit. J'en voulais à Marthe Richard d'avoir fermé les derniers lupanars.

Combien de nuits Alberto a-t-il passées sur le plancher miroitant du *Sphinx*, près du cimetière de Montparnasse ? Combien de verres et de cigarettes consumées devant l'alignement des filles demi-nues ? Combien de fois à attendre, le souffle retenu : « Tu montes, chéri ? » Dans ses *Écrits*, il le rapporte, à sa façon : « Plusieurs femmes nues vues au *Sphinx*, étant moi assis au fond de la salle. La distance qui nous séparait (le parquet luisant) et qui me semblait infranchissable malgré mon désir de la traverser m'impressionnait autant que les femmes. »

Quand il apprend que le célèbre établissement du boulevard Edgar-Quinet va fermer ses portes, il abandonne ses activités toutes affaires cessantes, pour être parmi les derniers clients de ce temple. Était-ce lui, Alberto, ou plutôt Picasso, qui disait : « Ce qui me plaît dans les poules, c'est qu'elles ne servent à rien. Elles sont là, c'est tout » ?

Avec Caroline, il en est autrement. Caroline le magnétise. Il est attiré par cette inconnue dont il entr'aperçoit l'âme. Elle est insaisissable. Son mystère le fait rêver. Envoûté, il la suit dans les rues de Paris à la manière d'un détective quelque peu maladroit qui file sa proie, caché derrière un marronnier du boulevard Raspail ou dissimulé derrière les feuilles d'un journal. Caroline l'intrigue, Caroline l'inquiète, Caroline le rend fou. Monter dans une chambre et faire l'amour avec elle ne lui suffit pas. Alberto veut tout connaître, tout savoir d'elle, qu'elle lui raconte ses frasques et ses mystères, cela l'excite.

Est-il dupe de sa nouvelle passion ? À la même époque, on peut lire, dans ses carnets : « Quand on connaît ces petites ruses, beaucoup de choses qui semblaient magiques ne sont plus qu'un jeu. » Pour autant, Alberto ne se lassera pas de Caroline.

À ses yeux, elle n'est pas une femme comme les autres. C'est une femme à risques, et il l'apprécie aussi pour cela. Il sait que son visage d'ange dissimule bien des ombres. Caroline est tellement à l'opposé de celle qu'il a épousée, la sage Annette. Elle en joue, elle ne lui révèle pas tous ses petits secrets, ne parle d'aucun de ses autres hommes d'une demi-heure, ni de ceux qui la protègent, ni de ceux qui la soutiennent. De ceux-là, elle ne dit rien et, aujourd'hui encore, elle reste muette ou bien vague, dessine dans l'air, avec sa cigarette éteinte, des arabesques et enterre ces années-là d'un « C'est vieux tout ça », mémoire défaillante mise en avant. Ce qui l'arrange. Elle lâche « Pffuittt… », puis la candeur de son regard m'encourage à la questionner encore.

Elle poursuit : « On allait à l'hôtel, à Montparnasse, je ne me souviens plus de leurs noms, c'était à côté du bar, on allait à l'hôtel parce qu'on ne me demandait pas de papiers, rien, c'était un peu chez moi… Ah ! l'amour… On faisait l'amour rapidement, mais quel plaisir ! Alberto était drôle, il avait de l'humour, on n'imagine pas ça quand on le voit… » À ce moment, je pense à ce dialogue du film de Jacques Demy, *Une chambre en ville* :

« Alors tu n'es pas une vraie pute ?

– Je ne travaille qu'à mi-temps. »

Le souffle d'un vent sec balaie la terrasse et chasse les oiseaux du citronnier où ils s'étaient perchés ; ils rentrent se nicher dans leur cage. Caroline se racle la gorge, allume une énième cigarette du geste rituel du grand fumeur. Les yeux fermés, elle murmure, je me rapproche d'elle pour mieux l'entendre susurrer et répéter : « Nous nous aimions d'un amour fou. Il m'électrisait, je l'aimais à la folie, comme lui m'aimait à la folie. Il ne cessait de me répéter que j'étais sa déesse, que j'étais sa démesure. » À peine perceptible, mais j'ai bien entendu. Une tourterelle volette dans les taches de soleil, hésite à rejoindre les canaris, puis se met à picorer leurs graines. « C'est son heure. » Tout à coup son visage n'est plus le même, il s'éclaircit. Caroline parle tout bas, et j'ai l'impression qu'elle oublie ma présence. Elle est avec *son* Alberto. « Le jour où il a découvert qu'il était amoureux de moi, je me souviens, oui, il était émerveillé. » Est-ce ce jour-là qu'il lui a proposé de poser pour lui ?

Mains croisées sur le ventre, elle se tient droite, calée dans le fauteuil, ce siège ruiné où habituellement s'installent ses modèles familiers, Diego, son frère, et Annette, sa femme. Face à lui, sur l'assise en rotin, Caroline ne bouge pas, elle ne parle pas non plus. « Je pensais qu'il ne fallait pas le déranger quand il travaillait. Je restais statique le mieux possible. » C'est lui, Alberto, qui discourt. Ce n'est pas un monologue, non, il réfléchit tout haut. « Il rageait : "Je ne m'en sors pas ; c'est effrayant. Il n'y a pas d'espoir ; je n'en sortirai jamais." » Et quand il se tait, son visage semble parler pour lui, ses traits, toujours mobiles, en disent long et expriment, presque mieux que ses paroles, son éternelle insatisfaction. Certaines de ses grimaces ou certains de ses rictus valent bien des gémissements. Jamais il ne pense parvenir à achever un travail, et ce n'est pas de gaieté de cœur qu'il abandonne une œuvre.

Poser pour Alberto exige de la discipline et des soumissions, il s'agit presque d'une ascèse. Caroline se plie aux règles ou, tout au moins, tente de s'y astreindre. Elle ne vient pas à une heure régulière, ce qui déplaît fortement à Alberto, même s'il connaît ses contraintes à elle. Il lui arrive de ne pas aller au rendez-vous, ce qui, alors, le met en furie. Mais Caroline n'est pas un modèle comme les autres, il la regarde différemment puisqu'il l'aime.

La première fois qu'elle se rend à son atelier, au bout de l'impasse du 46 rue Hippolyte-Maindron, elle n'ose pas penser qu'il vit là, dans ce simple cabanon de bois. Elle frappe au carreau. Alberto ne répond pas, puis elle l'aperçoit dans l'entrebâillement de la porte, attelé à une sculpture.

Ses doigts glissent sur la terre, montent et descendent au long d'une tige de glaise. Elle l'observe sans rien dire, et lui, concentré, ne se rend pas tout suite compte de sa présence. Le lieu désolé, encombré, et l'uniformité des camaïeux de gris la surprennent. Tout est blanc, blanc-gris, gris de poussière, tapissé d'une épaisse couche ouatée… Au sol, dans un coin, un amoncellement de gravats de plâtre, un sommier au tissu rayé, souillé d'éclaboussures blanches, encombré de tableaux retournés, et, contre les murs, des châssis, des toiles et des toiles, en cours ou achevées. Au centre, un tabouret, lui aussi recouvert de plâtre. Dans un coin, une table bancale, ses piles de livres, ses catalogues divers et ses lettres perdues qui ne seront jamais décachetées. Une autre table où s'entassent palettes, tubes de couleurs éventrés, couteaux de peintre et brosses, petits flacons d'essence de térébenthine… Le tout dans un grand désordre, une sorte de chaos. Sur une étagère, le squelette d'un petit oiseau sur son perchoir et un gros réveil, au milieu de bricoles. Il y a aussi des caisses à charbon, des bûches et un petit poêle noir avec son tuyau qui fume tout le temps…

Elle ne remarque qu'après les murs couverts de dessins scarifiés et de graffiti. Et surtout, sous la lumière d'une ampoule nue, des têtes, des personnages en plâtre, de toutes tailles, une forêt de statues qui jaugent le nouveau modèle…

Sans prononcer un mot – elle n'ose pas –, Caroline les observe, ces sculptures. C'est la première fois qu'elle les découvre et qu'elle peut les approcher – sans les toucher : elle n'ose pas, non plus, elles ont l'air si fragiles. Un soir, au restaurant, sur l'épaule d'Alberto, alors qu'il feuilletait une revue où l'on présentait quelques-unes de ses œuvres, elle avait entrevu son travail, mais, face à elles, elle ne s'attendait pas à un tel choc. Comment aurait-elle pu envisager une telle présence ? Au début de leur rencontre, elle ne se sentait pas « concernée ». C'est venu petit à petit.

De cette première confrontation avec son œuvre, Caroline me dit : « Je ne me rappelle pas tous les moments passés avec Alberto, mais là, j'ai été soufflée, je n'imaginais même pas que des sculptures pouvaient s'imposer à ce point ; elles se tenaient debout comme des personnes, elles donnaient l'impression de respirer encore. Oui, elles étaient vivantes, bien vivantes. » Puis elle poursuit, le souffle court : « Quand il m'a vue, il a revêtu d'un chiffon mouillé le bloc de terre glaise brune qu'il travaillait, et son visage s'est tout de suite éclairé d'un sourire. Il n'était que six heures du soir et il avait déjà l'air épuisé. De toute façon, je ne l'ai jamais vu qu'avec ses yeux fatigués. »

Elle s'attend à rencontrer Annette, dont Alberto lui avait parlé, ou Diego, le frère protecteur, l'indispensable assistant. Pour cette première fois, ils ne sont là ni l'un ni l'autre, comme si l'artiste ne voulait pas effrayer son nouveau modèle. A-t-il profité de leur absence, ce soir-là, pour faire entrer discrètement sa nouvelle conquête dans l'atelier ?

Caroline se cloître dans un de ses longs silences, allume une de ses Kool, qui déclenche un premier toussotement, puis, de sa voix rauque : « Oui, il avait l'air de se battre avec son bloc de terre glaise. J'ai compris, après, que chaque œuvre lui posait un problème, il n'était jamais satisfait. Jamais. Et pour lui, rien n'était jamais achevé. » Alberto lui-même l'évoque : « On ne réussit que dans la mesure où l'on échoue. » Sentiment qui rappelle la sentence de son ami Samuel Beckett : « Être artiste, c'est échouer comme nul autre n'ose échouer. »

Caroline se lève pour aller faire bouillir une casserole d'eau, puis réapparaît avec deux tasses décorées d'un blason publicitaire et des sachets de thé qu'elle plonge dans l'eau fumante. « Il m'a installée dans le fauteuil. Et, alors que l'on se connaissait déjà bien, j'ai découvert un autre homme, autoritaire, qui me donnait des ordres – surtout ne pas bouger –, ce qui était nouveau pour moi. Avec lui, je me transformais en objet. »

Elle obéit à l'artiste, le regarde « bien droit dans les yeux », ne le contredit pas, elle est attentive à chacun de ses gestes, chacune de ses paroles. Elle pose, il dessine. « Il disait : le dessin, avant tout, le dessin, c'est la base. »

Pour cette première séance, il saisit une grande feuille de papier et des crayons durs. Le modèle, sans broncher, observe l'artiste à l'œuvre. Ses doigts courent sur le papier, tout en nerfs ; elle n'entend que la mine crisser. Elle aimerait voir ces traits qui, de loin, semblent n'être qu'un fouillis, mais elle n'en a pas le temps. Alberto froisse une première feuille, se reprend, recommence et recommence. Quelque chose de vital est en jeu. Il peste, grimace, bougonne, malgré son aisance, cherche le reflet de l'apparence de son nouveau modèle, l'expression d'une vérité, d'une émotion. Les lignes se croisent, se juxtaposent, s'effacent, jusqu'à se confondre en un même lacis. Faire et refaire. Ainsi va le lent cheminement de l'écriture des signes. Il travaille sans relâche, s'acharne à comprendre, à faire surgir une réponse, coûte que coûte. Les lignes semblent tracées au hasard. Ce qui est le contraire. Il tente pour la énième fois une courbe pour l'œil. Il ponctue ses silences d'infimes plaintes, de petits « hé-hé ». Il poursuit son combat avec l'indicible.

Pour Alberto, les yeux sont le reflet de l'être. Alors, sans se lasser, il reprend et il trace encore toutes ces lignes autour, qui donnent l'expression. Il persévère. En fait, chacun de ses traits, chacun de ses coups de crayon, est précis ; son dessin linéaire, son tissu arachnéen, est une réflexion sur l'art. Pour lui, œuvre signifie impossibilité. Un premier obstacle se dresse, puis un second. « Je le sentais brûlant, et inquiet, il ne cessait de répéter : "Je n'y arriverai pas. Je te vois, je te sens, il y a trop de possibilités, je n'y arrive pas. C'est abominable ! J'en crèverai ! J'en crèverai !" S'il ne l'a pas répété une fois... »

Et ce jour-là, il ne parvient à rien. Il raisonne, s'égare, vagabonde, sans réussir à fixer une réalité, à immobiliser un instant. Je suis tenté de citer ces quelques vers de T.S.

Eliot tirés de *Little Gidding*, qui pourraient résumer la philosophie de Giacometti :

*Nous ne cesserons d'explorer*
*Et la fin de notre exploration*
*Sera d'arriver à notre point de départ*
*Et de connaître l'endroit pour la première fois.*
*Par la porte inconnue, remémorée*
*Où la dernière parcelle de terre à découvrir*
*Est ce qui fut le commencement.*

La séance dure une bonne heure, pas plus. Quand Caroline découvre une des feuilles, le papier est percé, troué au niveau des yeux. Elle ne se reconnaît pas, mais elle ne s'autorise aucune remarque. « Je ne me serais pas permis quoi que ce soit. Je me contentais d'être une éponge : quand il était anxieux, je le devenais aussi. »

Ce soir-là, Alberto rassemble les quelques dessins, déchire les feuilles en petits morceaux. Elle perçoit de la furie dans son regard. Il ouvre le couvercle du poêle en fonte, les jette dedans. En refermant, il maugrée : « Merde ! Ça commence mal, non ? Allez, lève-toi ! Ça ne sert à rien de poursuivre, je n'y arriverai pas aujourd'hui. Mais on recommencera, on recommencera. Je te le promets. » Elle ne proteste pas. Elle l'entend mâcher sa rage.

« Je ne sais rien faire ! Rien ! Je vais tout foutre en l'air. »

Caroline ressort vidée et un peu déçue de cette première expérience. « Qu'est-ce que j'aurais pu faire ? C'étaient ses dessins, après tout, et il dégageait une telle colère. » Ce n'est que plus tard qu'elle comprend qu'Alberto ne dessine pas vraiment une personne, mais, plutôt, ce qu'il voit, lui.

D'un geste de l'index, il intime à Caroline de remettre son manteau, l'aide ; puis il enfile le sien sur sa veste maculée de plâtre, après s'être passé les mains sous un filet d'eau. Ensemble, ils quittent l'atelier pour rejoindre un de ces bars de nuit où boivent et rient les filles.

Après cette séance de pose inaugurale, elle l'appelle « ma Grisaille », ce qui amuse Alberto. Toute la tendresse contenue dans ce mot le fait fondre, et personne, pas même

Annette, n'avait osé l'affubler d'un tel sobriquet.

Combien d'essais et combien d'œuvres achevées suivront ces premiers dessins qui finissent en cendres au fond du poêle ? Elle ne sait pas, fait mine de s'interroger, de fouiller dans sa mémoire : « Oh, des dessins, oui, des dizaines, peut-être plus, et des peintures aussi et quelques sculptures, tout ça... Je ne sais plus très bien, je ne peux me rappeler, aujourd'hui, tout ce qu'il disait au cours de nos séances. Je ne suis pas du genre à noter. Quelle importance après tout, tout ça est si loin maintenant... Je l'admirais. »

Caroline évoque son amour grandissant et son plaisir à le retrouver, chaque fois, *Chez Adrien* ou dans un de ces troquets du XIV$^e$ arrondissement. D'un coup, elle éclate : « Il me manque, mon ami, il me manque, mon amour, ma Grisaille. »

Après ce premier échec, Alberto ne convoque pas son modèle dès le lendemain. Caroline patiente, sans poser de questions et sans se douter que cette première tentative allait avoir une suite. Pour elle, tout aurait pu s'arrêter là. Elle aurait été déçue, certes, mais continuer à voir son « amoureux » est plus important que de poser pour un dessin. Une dizaine de jours plus tard, après quelques verres et un dîner dans un bistrot de la rue de Chevreuse, l'artiste la conduit, sans rien lui dire, dans son atelier. Au premier étage, en haut de l'escalier de meunier, une lumière, celle d'Annette qui veille. Cette nuit-là, elle n'est pas descendue.

L'atelier semble plus rangé que la première fois, comme si quelqu'un avait pris soin d'y mettre un peu d'ordre. Plus tard, Caroline apprendra que Diego, seul habilité à le faire, passait, dès qu'Alberto s'absentait, poser des linges mouillés sur les terres en cours.

Cette nuit-là, Alberto demande à son apprenti modèle de se mettre torse nu. Caroline s'exécute. Montrer ses deux seins fermes ne la gêne pas le moins du monde, d'autant qu'elle n'a jamais eu froid aux yeux et qu'elle n'a plus rien à cacher à celui qui est devenu un amant régulier. Alberto lui parle de sa chair blanche qui illumine ses épaules.

Elle qui sait se soumettre aux exigences de ses clients, est prête à tout pour Alberto, pour sa « Grisaille ». Elle se plierait à ses désirs avec d'autant plus d'aise qu'avec un inconnu de passage.

Caroline vit le temps de ces heures de pose nocturnes avec le fantôme d'Annette comme une menace. Concentré sur le tableau qu'il vient d'entreprendre, Alberto ne se soucie guère de l'éventualité d'une irruption de sa femme. Mais peut-être, en secret, la souhaite-t-il. Moins tendu que lors de la première séance, il a placé un nouveau châssis sur le chevalet, et son long et mince pinceau, tenu par l'extrémité, sans hésitation, s'est mis à danser sur la toile. Il construit son bâti et il reprend, une fois encore, un cadre dans le cadre, intensifié par un autre plus étroit.

Il ne cesse de parler et, durant cette tâche qui lui paraît interminable, Caroline, immobile, sans mot dire, à l'écoute de son pygmalion, garde la pose d'un sphinx. Ils se fixent l'un l'autre. Derrière ses expressions graves, Alberto tente de percer son âme. De temps

à autre, il lâche : « Tu dois me détester, non ?
Avec tout ce que je te fais subir… » Elle ne
pouvait le détester. Caroline n'ignore pas que
l'artiste cherche à comprendre. Et lui, Alberto,
sait qu'il ne doit pas se contenter d'un frag-
ment, d'une suite de détails juxtaposés,
l'amorce d'une épaule, le cou effilé, non, il
sait qu'il doit réaliser l'ensemble, d'un coup.

Par instants, il donne l'impression de ha-
leter, elle le sent prêt à hurler de rage ou
d'anxiété. Il jure. Il parle sans discontinuer,
son débit est rapide. Il pense, comme toujours, qu'il n'y a pas d'espoir de réussite. Elle
a hâte de découvrir les traits de son visage,
qu'elle sait naître dans un enchevêtrement
de lignes. Des paroles semblent s'échapper
d'entre ses lèvres : « Pourquoi est-ce que j'ai
le besoin de peindre des visages ? Maintenant, on se connaît mieux, mais pas encore
suffisamment… Je n'y arrive pas. Mais on
prendra tout le temps qu'il faut et on y par-
viendra, peut-être. » Aussi, il fait quelques
pas de recul et s'excuse de prendre son
temps « pour rien ». Alberto isole son sujet
et dégage la figure centrale. Toujours la

même méthode : s'obstiner à cadrer et à recadrer, laisser de vastes marges et réduire encore et encore la tête. On songe à quelques tribus indiennes de réducteurs de têtes. Alberto dit : « Je vois petit. »

À force de rétrécissements, la lumière ne se fait que plus violente et éloigne du monde de l'apparence. Giacometti cherche-t-il à se rapprocher de l'icône ? Pourquoi a-t-il demandé à Caroline de se mettre à demi nue ? Pas plus d'érotisme que de volupté dans ses peintures. Pas de désir, pas de sensualité non plus. Quand il peint, Alberto ignore la chair et le sang. Il a mieux à offrir : il cherche à saisir l'insaisissable. Celle qui pose le sait. De même, Caroline se doute qu'aucun de ses modèles familiers n'est irremplaçable, fût-il elle-même ou Annette. Elle a compris que sa silhouette pouvait rendre des services identiques et finalement produire les mêmes effets de frustration et de difficulté. Pour Alberto, elle était prête à tout et trop heureuse de jouer ce rôle de muse.

Caroline (et encore moins la petite Yvonne) aurait-elle pu s'imaginer un jour être immortalisée par l'un des plus grands artistes du XX<sup>e</sup> siècle ? À la simple prononciation du mot « immortalisée », le sourire de la vieille dame qui se tient devant moi, dans sa chemise de soie impeccable, regardant le jeu des oiseaux autour de leur cage, se ravive, puis s'éteint, comme si elle ne croyait pas à tout ça, comme si elle plaçait son vécu avant l'art. Y a-t-elle seulement cru sur le moment ? À sa manière, oui. La petite dame aux cheveux tirés, avec ses faux airs de Martha Graham, ressasse : « C'était un monsieur ex-tra-or-di-nai-re », et dans sa bouche, ce « monsieur » signifie le respect qu'elle doit à quelqu'un qui l'a aidée à grandir. Ce n'est qu'après, bien des années après, maintenant peut-être, qu'elle réalise que ces moments d'hésitation, d'espoirs crispés, passés dans le désordre de l'atelier, ces moments quotidiens, étaient sa félicité. Elle me dit : « C'était le Bonheur avec un B majuscule, je me tenais assise dans mon fauteuil, nous étions tous les deux enfermés dans l'atelier, sous la lampe, dehors il faisait nuit et c'était le Bonheur, Alberto me faisait rayonner. »

Giacometti avait compris que vouloir garder Caroline non loin de lui, puisque Annette restait dans sa vie, était au prix de céder à ses caprices. Tous ses caprices. Difficile, quand le premier d'entre eux se nomme liberté. Comme ces oiseaux qui s'ébrouent sous nos yeux, autour de leur cage, une aile dedans, une aile dehors. L'artiste savait ce que le mot « liberté » signifie, même si, pour Caroline, il ne recouvrait pas tout à fait la même acception. « Liberté, liberté complète, et uniquement ce qui m'attire, ce qui me plaît, dans tous les domaines [...] », écrit Giacometti en 1934. Ne pas perdre son nouvel amour, sa passion, donc.

Un jour de froid vif, peut-être était-ce au mois de mars, dans un des derniers soubresauts de l'hiver, Caroline débarque au 46 de la rue Hippolyte-Maindron, au volant d'une de ces grosses voitures américaines à ailerons. Et l'incident, prévisible, se produit cet après-midi-là, quand claque la lourde portière de la Chevrolet Impala. Diego sort de l'atelier et croise le nouveau modèle de son frère. Il l'évite, sans lui tenir la porte en bois du passage qui mène à l'atelier, et sans la saluer. Lui qui, depuis toujours, partage tout avec son frère, lui qui le connaît mieux que quiconque et supporte tout de lui, avait repéré son petit manège autour d'Alberto et les séances qui s'allongeaient de plus en plus. Il avait tout de suite reconnu en elle une fille de bar et, depuis qu'Alberto l'amenait le soir à l'atelier, il l'évitait et il préférait s'effacer.

La deviner prendre la pose à la place d'Annette ou, pire, à la sienne le dérangeait. Il trouvait étrange et insupportable de voir la personne qu'il vénérait le plus s'enticher d'une « pauvre fille ». Autant Annette est simple dans ses tenues, avec ses petites jupes, ses socquettes, ses chemisiers blancs et ses chaussures plates, autant l'autre fait dans le genre tapageur, avec ses toilettes soignées, ses fourrures et ses hauts talons vernis. Il la trouvait inconvenante et déplacée, presque vulgaire, à son goût. Même si, de la première, Diego dit qu'« elle n'était même pas bonne à balayer la cour ». Il la supporte sans l'aimer, puisqu'il n'aime pas les femmes de son frère. Mais aime-t-il vraiment les femmes ?

Longtemps, sa relation quotidienne se résuma à partager, en la compagnie du couple, les repas à la brasserie du coin de la rue, *Les Tamaris*, puis, avec le temps, il finira par adopter sa belle-sœur Annette. Et, de toute façon, comment peut-il résister à son frère ? Comment peut-il lui dire non ? Mais, là, la fille à la grosse américaine, c'en est trop. Lui qui, en silence, sait tout endurer, lui qui sait chasser de l'atelier les importuns, quand les admirateurs se font trop insistants, est, cette fois, désemparé. Comment une jeune femme peut-elle s'offrir une telle voiture ? Diego, le bon Diego, n'est pas dupe : il sait sans savoir, il se doute.

Dès le début, il estime que le ver est dans le fruit. Il n'a pas tout à fait tort. Un jour, Alberto est attelé à une statuette, mains plongées dans le plâtre et les fils de l'étoupe, quand on tambourine à la porte de l'atelier. Apparaissent deux hommes, suivis de Caroline qui se tient deux pas en arrière. Sans abandonner son plâtre, Alberto comprend tout de suite ce qu'ils cherchent : « Vous pouvez tout casser, si ça vous amuse. » Lui qui a en horreur les banques, planque tout ce qu'il gagne, et il gagne beaucoup, sous son lit, là où un apprenti cambrioleur irait tout de suite jeter un œil. Caroline n'ignorait pas qu'Alberto ne comptait pas et se moquait pas mal de savoir combien il possédait, à la condition qu'il pût continuer à fréquenter les bars de nuit et à dépenser son argent comme il l'entendait. Et, aussi, à voir, et à payer Caroline.

Les deux gaillards réclament une forte somme à Alberto. « Je ne me souviens plus du montant, mais c'était une belle somme. Je ne lui ai demandé que de l'argent, un peu d'argent, enfin, tout ce qu'il possédait ce jour-là », s'amuse Caroline. Les deux intrus repartent avec liasses de billets et lingots. Une autre fois, Alberto retrouve son atelier sens dessus dessous, des plâtres à terre, brisés. « Peu importe, ils n'étaient pas bons », se console-t-il.

Face à toutes ces rapines, Diego est furieux. Alberto le calme et tente d'arranger les choses. Et Diego, le fidèle des fidèles, se plie à ses exigences. Que ne ferait-il pas pour son frère aîné ? Un jour, alors qu'un Américain le croise rue Hippolyte-Maindron et le prend pour Alberto, il répond : « Non, moi je vais à l'atelier ; lui, il est au café de l'angle. »

C'est lui, Diego, qui modèle, lui qui martèle, lui qui scelle. Diego assure les préparations, façonne les armatures des futures sculptures avec des cordes à piano. Et il réalise les finitions, jusqu'à la patine des bronzes. Il est l'assistant, l'indispensable et l'indissociable aide. Comment imaginer Alberto sans Diego ? Et, surtout, Diego sans Alberto ? Chacun a trouvé sa place et chacun connaît son rôle.

Depuis leurs premières batailles de boules de neige, ils forment un duo, et ils en ont conscience. Complices, ils ne se quittent pas, ils ne se sont jamais quittés. Pas de guerre fratricide, pas de lutte, pas d'adversité, ce sont deux frères unis. Diego perdait son temps dans une école de commerce à Saint-Gall, en Suisse. Leur mère, Annetta, avait bien compris, en envoyant Diego rejoindre son frère à Paris, en 1926, qu'inséparables ils s'épauleraient. Elle savait que le calme et la sagesse de l'un tempéreraient les tumultes et l'anxiété de l'autre. Ils travaillent ensemble, l'un pour l'autre, l'un avec l'autre, l'un avant l'autre, l'un après l'autre. Diego, le cadet d'un an, suit à la lettre les paroles de son frère. À Diego toutes les tâches préparatoires. Il n'y a pas de tâches inférieures en art. D'ailleurs, Diego est le seul à pouvoir convaincre son frère de prendre la décision finale d'arrêter une sculpture, et n'hésite pas à arracher un plâtre de sa sellette et à l'emporter à la fonderie.

Éblouie par un rayon de soleil, Caroline semble ailleurs, dans le vague, lorsque la sonnerie du téléphone, une de ces irritantes harmonies à trois tons, faibles d'abord et qui grandissent peu à peu, la tire de sa torpeur. Elle oscille la tête d'un vague mouvement de balancier, comme si elle battait la mesure, et laisse passer les premiers accords, avant de lâcher, agacée :

« Il ne me foutra jamais la paix.

– Vous ne répondez pas au téléphone ? »

Elle esquisse une moue, tapote la table du plat de sa main droite, ignorant les rafales de notes. Je me demande de qui elle peut bien parler et me reviennent ses premiers mots prononcés à mon arrivée : « Il me maltraite. » J'ai l'impression qu'elle subit des pressions. J'hésite à lui demander de qui il s'agit. Elle a tellement l'air, comment dire ? en dehors… hors de tout cela. Elle balaie la table en plastique de sa main, comme si elle ramassait des miettes, et, d'un coup, elle se libère d'un souffle : « Ici, je ne suis plus chez moi, je suis chez quelqu'un, et c'est l'horreur, je vis dans la terreur. » Hésitant, je finis par lui demander :

« Il vous bat ? »

Elle se replie sur sa chaise et murmure d'une voix voilée :

« Il est toujours en train de me reprendre. Je ne fais rien de bien. J'ai renversé sa bouteille. Je n'avais pas vu qu'il restait encore un peu d'alcool, alors il m'a déversé ses grossièretés habituelles… »

Elle marque un silence, puis elle poursuit :

« Et ça, c'est l'horreur. Et ce soir, il va rentrer tout pantelant et ça va recommencer.

– D'où sort-il ? »

Elle cherche son souffle.

« Je le connaissais, enfin je croyais le connaître, depuis longtemps ! À l'époque, je ne savais pas qu'il était aussi fauché que moi, d'ailleurs. »

Elle sort un petit mouchoir de la manche de sa blouse en soie, d'un seul mouvement s'essuie le nez, répète :

« Fauchman. Je suis fauchman. C'est difficile de se débrouiller seule et d'assurer une partie de son loyer… »

Ses yeux se plissent.

« Vous savez, je n'ai rien. Pas grand-chose, presque une aumône, et je n'aime pas ça, tendre la main. »

Je ne peux m'empêcher de jeter un œil autour de moi : un intérieur des plus sommaires. La crudité de la lumière du dehors inonde la pièce et met en évidence une chaise, une table basse, le lit-cage replié, adossé au mur. Je me dis que l'ombre a ses qualités et que, passé un certain âge, il doit être difficile de se résoudre à trois fois rien, quand on a eu une vie facile. Mais celle de

Caroline a dû, à plusieurs reprises, passer de l'ombre à la lumière. Elle se résout à me confier, d'un air las, l'arc de ses sourcils froncé, comme une évidence : « Je suis dans une mauvaise passe. » Dans le fond, elle n'a pas à me donner d'explications, on ne se connaît pas.

Au mur, son portrait, un tableau accroché de travers. Je me lève pour l'étudier de plus près. Elle me suit, à petits pas, donne l'impression de piétiner. Nous examinons la toile sans cadre suspendue à un crochet X apparent : une peinture lisse, traitée dans un esprit classique, mi-surréaliste mi-fantastique. Une belle femme, coiffée d'un chignon couture, vêtue d'un cardigan, pose, un corbeau sur l'épaule. Caroline, de profil, l'oiseau aux ailes vernissées de face. C'est autant le portrait de l'un que de l'autre. Je n'ai pas reconnu Caroline du premier coup. Pourtant, si l'on y prête attention, elle est tout à fait identifiable. Elle remarque les allers et retours de mon regard entre la toile et son visage. Elle se résigne à me faire un clin d'œil imperceptible :

« Vous étiez une très jolie femme.

– Vous savez, la beauté… »

Elle hausse les épaules.

« La vieillesse fait des ravages. Il faut faire avec, mais c'est insupportable. Il y a la mort au bout, c'est bien la seule justice, d'ailleurs. »

L'huile est signée, en bas, à droite, d'une écriture franche : Marembert★.

Sans autre commentaire, nous sommes retournés nous asseoir sur les sièges en plastique de la terrasse. Autour de nous, les oiseaux voltigent.

« Oh, on n'a jamais beaucoup parlé de Marembert…

– Vous avez vécu avec lui ? »

Elle me sourit, sans répondre, avec cette facilité qu'ont les gens âgés à s'abstraire. Comme souvent, le sourire les protège. Elle sait cela. Puis, à force de silence, elle lâche :

« Le corbeau, c'était mon corbeau, oui, mon corbeau. J'en ai eu deux, il y a eu

---

★ Jean Marembert (1904-1968) : artiste peintre néo-surréaliste qui exposait après-guerre avec Leonor Fini, Lucien Coutaud et Félix Labisse.

Becco, que j'avais attrapé en Normandie ; celui-ci, je l'avais appelé Black. Nous vivions rue du Cherche-Midi. Oh, ça n'a pas duré très longtemps, c'était après Alberto… On n'a jamais beaucoup parlé de lui, mais c'était un monsieur très gentil. Il est parti, lui aussi, peu de temps après mon Alberto… Un temps, j'ai eu une douzaine de crapauds. J'ai toujours été attirée par les animaux un peu bizarres. Alberto n'appréciait pas trop… Il disait qu'ils sentaient mauvais. Mais je crois que ça l'amusait quand même. »

Les sirènes d'une voiture de police finissent de couvrir sa voix. Le soleil est passé de l'autre côté des immeubles et maintenant des ombres courent sur son visage et accentuent le parchemin de sa peau. Elle murmure, j'entends à peine le timbre un peu enroué de sa voix : « Là je dépéris… La vie ne vaut plus la peine d'être vécue… J'ai envie de fuir… »

Des nuages, petites touffes de vapeur, dentellent le ciel. Caroline se tasse sur elle-même, et sa tête semble rétrécir comme celle d'une sculpture d'Alberto. Un éclat dans ses yeux, l'espace d'une petite seconde, et l'espoir s'amincit, la lueur disparaît.

« Aujourd'hui, je me sens seule. Étrangement seule. » Je suis surpris qu'elle se découvre ainsi, à un inconnu. Elle bâille, s'en excuse, puis rallume une cigarette mentholée. « Vous savez, la nuit, je ne dors plus. » Pendant qu'elle parlait, les canaris se sont mis à tourner autour de nous, battant des ailes, comme s'ils étaient prisonniers de l'air.

Elle se lève, se dirige dans un coin de la terrasse, puis revient, installe un sachet de graines dans les branches du citronnier. « Voilà, ils nous ficheront la paix. » Elle reprend son siège et baisse la tête, ratatinée sur elle-même. Elle ignore ma présence.

Au bout d'un moment, un sentiment de malaise me saisit. Alors que j'allais prendre congé, elle m'attrape le bras : « Non, non, restez. Je vais vous préparer un petit quelque chose, vous devez avoir faim ; moi, je ne me nourris plus. » Je décide de l'entraîner dans un restaurant, celui où, au départ, elle m'avait fixé rendez-vous, le *Cocodile*, une brasserie connue de la promenade des Anglais. Elle me demande une minute et réapparaît, un châle sur les épaules, le visage poudré, un mince trait de rouge passé sur ses lèvres. Un halo de parfum l'entoure. Je crois reconnaître « L'Heure bleue ». Pour elle, c'est une sortie. Caroline me précède et c'est elle qui appuie sur le bouton de l'ascenseur grillagé. Dans la lente descente, je lis un voile d'inquiétude sur son visage qu'éclaire la faible ampoule du plafonnier. La lumière vacille. Arrivés dans le hall, des boîtes aux lettres alignent des noms à consonances italiennes ou corses. Je lui fais remarquer que le sien n'y figure pas. Elle me répond d'une voix sèche : « Je ne suis plus chez moi. » Dans la rue, elle chausse des lunettes noires qui lui mangent son menu visage.

De l'autre côté de l'avenue, la mer bleue aux reflets argentés. Caroline et moi nous engageons sur la promenade, à contre-courant des touristes qui longent la mer. Ils avancent par petites grappes et nous nous heurtons à eux. Elle marche avec difficulté et s'accroche à mon bras. À chaque pas, je sens ses traits se crisper.

« Ce n'est plus très loin, mes jambes ne me portent plus. »

Elle me prie de porter son vieux sac Hermès en cuir rouge, alors j'ai vraiment l'impression de sortir une lointaine parente. Palmiers et voitures étincelantes sous le soleil. Dans l'air flotte un mélange d'ambre solaire. À la brasserie, un garçon, qui s'éponge le front d'un revers de manche, nous désigne une table coincée près du bar, en bordure de la terrasse. Autour de nous, des familles, des couples, des militaires et un nouveau-né qui hurle dans une poussette à roulettes.

La salle dégage le brouhaha de l'heure des coups de feu. Je sais que nous n'allons pas nous entendre. Caroline se penche vers moi, son visage, dans la lumière dorée, paraît plus marqué que tout à l'heure. Et, à voix basse, elle me confie : « Vous savez, je fais de drôles de rêves. » Je m'étonne et me rapproche d'elle, pour mieux l'écouter. Elle prend un air coquin. « Oui, dans mon rêve, je suis avec Alberto dans une chambre d'hôtel… Il est assis dans un coin, et il me re-

garde faire l'amour avec un autre homme…
Ça ne me gêne pas. Il ne dit rien, juste assis
à nous regarder faire l'amour… Ça ne me
gêne pas… »

À ce moment arrive le garçon, qui lui
coupe la parole et dépose nos grillades, un
verre de bière pour moi et un américano
pour Caroline. Quel est cet homme dans un
lit avec Caroline ? Un de ses clients ? Un
amant de passage ? Je pense avoir compris
qu'elle a fait table rase d'une bonne partie de
son passé, mais j'aimerais qu'elle me parle
encore d'Alberto et de ce rêve. Elle doit en
faire d'autres, des rêves, ou plutôt des cau-
chemars, avec ses souvenirs d'enfant battue,
ses fugues et ses disparitions. Elle n'en par-
lera pas, elle n'en dira pas plus. Cela ne sert
à rien d'insister, Caroline est déjà ailleurs,
comme quelqu'un au premier jour de ses
congés. L'américano, quelques bouchées de
viande piquées du bout de la fourchette et
des frites mangées avec les doigts.

Comme une paisible retraitée, elle
contemple la mer qui apparaît par intermit-
tence de l'autre côté de la route, entre les

voitures et les passants. Haut dans le ciel, le vent caresse les branches des palmiers, sentiment de vacances et d'éternité. Quand le garçon a apporté l'addition, elle s'était presque endormie contre mon épaule. J'ai pensé que le mélange d'alcool et de médicaments qu'elle prend ne doit pas faire bon ménage. Avant de se lever, elle sort de son sac à main un bâton de rouge et, d'un automatique coup de badigeon, met en valeur ses lèvres trop fines.

Au retour, Caroline et moi nous laissons glisser dans le flot des promeneurs. Je la sens à bout, prête à trébucher à chaque pas. Caroline à mon bras, j'éprouve une curieuse impression. Des gens âgés flânent, souvent accompagnés de quelqu'un de plus jeune qui les soutient et les aide à avancer. Je me dis que l'attelage que nous formons ne doit pas dépareiller. Nous reprenons la petite rue perpendiculaire à la mer et nous nous engouffrons dans le hall de l'immeuble recouvert de mosaïques irrégulières. Elle me demande de l'accompagner jusqu'à chez elle. Elle insiste.

« J'ai peur qu'il soit là. S'il est arrivé, vous vous éclipserez... Je ne lui ai pas parlé de vous, il n'aimerait pas que je vous voie... »

J'approuve d'un mouvement de tête. En lui retenant la porte grillagée de l'ascenseur, j'hésite à la suivre et m'engage à mon tour. Je ne sais pourquoi, lors de la montée, je crains une panne. Les câbles crissent ; sous l'éclairage jaune, Caroline, frêle et pâle, son teint friable. Sa bouche rouge comme un excès tremble. Quand nous arrivons au sixième étage, je ne peux contenir un soupir de soulagement. Je n'étais pas rassuré quand Caroline a poussé la porte de l'appartement. Elle a dû lire de la crainte dans mes yeux.

« Ne vous inquiétez pas : si Tonino n'est pas là à deux heures, c'est qu'il est parti pour la journée. Il travaille, enfin si l'on peut dire, et il revient tard. Pendant ce temps-là, il me fout la paix... »

Je dois avouer que je prends son absence pour une menace. Il ne me laisse pas l'esprit en repos. Je le sens prêt à débarquer à tout moment un revolver à la main. Elle propose que nous nous réinstallions sur la terrasse, où les oiseaux ont disparu. Nous reprenons nos places. Le soleil a déjà tourné et le toit d'un immeuble voisin renvoie des ombres géométriques sur le dallage. Profitant de l'absence des canaris, la tourterelle aux ailes gris et rose se pose dans la cage pour y picorer. Caroline l'observe, apaisée, malgré la fêlure de sa détresse. C'est elle qui reparle de l'homme qui partage son appartement.

« Je lui ai acheté une "machine" pour aller bosser. Il fait des travaux chez les gens… Il me coûte déjà une petite fortune, et je n'ai plus rien. »

Je me suis souvenu qu'en italien *macchina* désigne une voiture. Et Caroline a une passion pour les belles autos.

Une nuit, elle passe de longues heures sous l'ampoule électrique et Alberto ressort vidé de la séance de pose : la figure maintes et maintes fois retravaillée demeure encore une énigme, à force de traits et de lignes creusées. Alors qu'Alberto et son modèle marchent sous les catalpas du boulevard Edgar-Quinet, il lui demande ce qui lui ferait plaisir, pour la remercier de sa patience, même s'il reste persuadé qu'une fois encore « ça n'a pas fonctionné ». Elle se plante devant lui, les bras grands ouverts et, sans hésitation : « Une Ferrari rouge ». La soirée est avancée, l'artiste a faim, il ne s'étonne pas vraiment de sa réponse et s'en sort par un « On verra… ». Ils continuent leur marche jusqu'au *Caméléon*, un petit restaurant proche du boulevard Montparnasse, ouvert tard. Et pendant le repas, elle ne cesse de parler de son bolide, de sa vitesse, du bruit de son moteur, de sa puissance, de sa ligne et de son rouge italien.

Comment lui résister ? Elle vient d'avoir vingt ans, son enthousiasme et sa gaieté l'enchantent. Les jours qui suivent, Caroline continue d'évoquer sa Ferrari, et des promesses de voyage en Italie, de balades en forêt. Il finira par céder, mais elle se contentera d'une MG cabriolet. Rouge.

Alberto l'a lui-même accompagnée dans un grand entrepôt de banlieue, du côté de Levallois, là où la ville s'agrandit le long des quais de la Seine. Le couple a tout d'abord jaugé la bête de fer, assoupie dans l'ombre du garage puis, sous le soleil d'avril, rutilante et prête à bondir. Le vendeur, un de ces types gominés au verbe onctueux, en fait l'éloge et la démonstration. Il soulève le capot, fait ronronner le moteur, vante le cuir noir et le confort des sièges. Mais est-ce bien nécessaire ? Convaincu par le sourire de Caroline, Alberto ne tergiverse pas. Il sort de la poche intérieure de sa gabardine une épaisse enveloppe contenant une liasse de billets qu'il tend au vendeur, qui n'en revient pas. Caroline, un foulard imprimé autour de la tête, joyeuse et excitée, colle une main sur le volant de bois, l'autre sur le levier de vitesse, pied gauche au plancher, prête à partir à l'assaut des villes et des campagnes. Ce qui amuse Alberto, de bonne humeur, lui aussi, étourdi par le vent. Chaque virage est une menace, les pneus crissent, peu importe, Alberto exulte, subjugué par le vertige de la vitesse.

Ce jour-là, après-midi de grand soleil, ils suivent les berges de la Seine et déjeunent dans une sorte d'auberge rustique, à la façade en colombages, près de Boulogne.

Comme aujourd'hui, elle commande un américano.

« Je me souviens très bien de ce moment, Alberto était si heureux de me faire plaisir. Il avait l'air si vivant… Oui, vivant… » Elle sourit. « Il me posait des questions sur la mécanique, je ne sais pas si ça l'intéressait, mais, moi, je n'y connaissais vraiment rien ! »

Il y a d'autres expéditions. Parfois, quand elle arrive à l'atelier, alors qu'elle s'apprête à une séance de pose, il la supplie : « Emmène-moi faire un tour dans la forêt, je veux voir les feuilles. » Elle n'hésite pas. À bord de la voiture de sport rouge, ils descendent le boulevard Montparnasse, prennent le boulevard des Invalides, traversent l'Esplanade, longent la Seine et roulent jusqu'au bois de Meudon. Une excursion comme une trêve. Le couple emprunte des routes perdues, se grise de pointes de vitesse. Puis, dans une allée, sous les futaies, Caroline et Alberto restent un moment dans le cabriolet, amoureux cachés et enlacés. La lumière d'un rayon de printemps perce le sous-bois et approfondit le silence. Ils se laissent envahir par le calme.

Alberto descend de l'auto, fait le tour de la petite MG.

Quelques pas dans les feuilles sèches, tête levée vers le ciel, il observe les arbres. La ramure irrégulière d'un chêne, la courbure aisée de son tronc, le bistre d'une écorce, la légèreté des tiges d'un frêne qui montent à l'assaut de la lumière, des rameaux qui fléchissent, des branches qui sortent du tronc d'un hêtre, les festons noueux d'une racine... À quoi pense-t-il ? À ses racines à lui, à Stampa, aux montagnes suisses, à sa mère Annetta...

Caroline, impassible, l'attend dans la voiture, puis ils repartent en empruntant le chemin inverse. Parfois, au retour, ils déjeunent à la *Brasserie lorraine*, place des Ternes. Des huîtres, du vin blanc. Et, très vite, ils retrouvent Montparnasse, leur centre de gravité. « C'était comme s'il avait vingt ans. Mon Alberto en avait soixante, mais quelle importance... Je crois qu'à ces moments-là il était heureux. Moi, je l'étais. »

J'ai envie que Caroline poursuive, mais, d'un coup, elle oscille la tête de gauche à droite et coupe net son récit : « Tout ça, ce sont des souvenirs d'autrefois, je ne devrais pas, il y a longtemps, si longtemps… Ma Grisaille… » Son regard s'immobilise, s'éteint. Ce qu'elle sait, dans ses silences, c'est qu'ils demeurent ensemble et qu'elle le rejoindra dans l'inévitable.

Son attitude me met mal à l'aise. Je suis embarrassé d'être si curieux et de la contraindre à plonger dans le passé. À tout instant, je crains qu'elle ne flanche. Mais elle se reprend, réapparaît, me gratifie d'un sourire. Alors d'autres images arrivent et flottent, suspendues.

Comme souvent, Caroline disparaît. Alberto n'a plus de nouvelles, ce qui le rend irascible. Il en a certes l'habitude, mais il ne s'y fait pas. Cette fois, une quinzaine de jours sans elle s'est écoulée. Quinze jours de trop. Un de ses portraits en cours a rejoint d'autres toiles rangées les unes contre les autres. Il n'a pu se résoudre à placer celle-ci dos au mur. Caroline s'y tient droite, elle l'estime, à la manière d'une de ces statues égyptiennes que vénère l'artiste.

Mais qui peut fixer le soleil droit dans les yeux ?

Le portrait est inachevé, son buste se dresse, roide. Alberto n'a pas encore saisi le petit éclat de ses prunelles, les trois premières séances n'ont pas suffi. Son buste occupe toute la hauteur de la toile, et, peut-être plus qu'à l'accoutumée, la tête se retire vers le fond. Cette tête, qu'Alberto désignait comme un « noyau de violence ». Ses yeux sont constitués d'un certain nombre de recouvrements, petits traits secs et verticaux. Les yeux demeurent l'élément central, d'ailleurs le corps est éthéré, presque sans peinture. Mais que signifie achevé ou inachevé chez Giacometti ?

Ici, une fois encore, tout converge vers la tête, le regard, plus précisément. Et le corps paraît trop grand, presque en disproportion. On pense à la distance qui inverse les signes habituels. Quand Alberto se tenait face aux filles du *Sphinx* ? Le portrait de Caroline s'affirme dans un espace gris à dominante de limon argent avec, par endroits, une très légère note de rouge ou de bleu pâle.

Caroline disparue, Alberto passe ses soirs à guetter son retour, une nouvelle fois encore, *Chez Adrien*. Attendre qu'elle surgisse de nulle part, attendre qu'elle arrive et dise de son air étonné : « Ah, vous êtes là ? Vous m'attendiez ! » Elle le rejoint, comme si de rien n'était, sur la banquette de moleskine rouge. Il la toise, sans être las, son visage s'éclaire d'un sourire doux et il délaisse le dessin d'une statuette qu'il griffonnait au Bic sur la couverture d'une revue. Aucun reproche, juste la joie de la retrouver.

Ils commandent du champagne Moët & Chandon, une autre bouteille encore. Il faut bien ça : Caroline lui apprend qu'elle vient de se marier. Il la questionne, sans agressivité et sans commentaire particulier. Elle lui montre une photo qu'elle sort de son sac à main. Il s'agit d'un certain Restif, il a près de quatre-vingts ans et plutôt une drôle d'allure avec ses feutres à larges bords et ses costumes croisés.

Alberto a bien une idée sur le monsieur en question, mais, comme à son habitude, il reste discret. Alberto lui baise délicatement la main, s'assure qu'ils pourront encore se voir, qu'elle viendra poser à l'atelier de longues heures. Et qu'ainsi il l'aura à lui seul, qu'il la possédera, à sa manière. Lui avec Annette, Caroline avec son mari, cela n'empêche pas qu'ils poursuivent leur aventure. Qui peut les arrêter ? Ils savent qu'ils s'aiment, ils savent pourquoi, aussi. Et qu'importe si Caroline appelle son nouveau mari « *Daddish* ».

Le souffle court, Caroline soupire : « Alberto, c'était une espèce d'attachement, je ne pouvais rompre avec lui… Et *Daddish* comprenait. »

Le rythme des séances de pose reprend, deux fois par semaine, parfois trois. Et toujours la nuit. Alberto ne reprend pas le tableau abandonné, qu'il a finalement baptisé *Caroline en larmes*. Mais n'était-ce pas lui, Alberto, qui pleurait son amour évaporé ? Comme souvent, le modèle trouve que son portrait pourrait avoir meilleur aspect. Mais elle n'est pas la meilleure juge. Elle sait, après tout, qu'il n'y a qu'un seul juge, le peintre lui-même. D'ailleurs, ils n'en parlent pas. Elle se contente de faire ce que dit Alberto, tenir la position, essayer de retrouver celle de la précédente séance, et elle s'amuse à deviner ce qui naît sous ses pinceaux en fonction des couleurs qu'il utilise, même si la palette se limite à un camaïeu de gris.

Ces derniers temps, elle remarque qu'Alberto privilégie des blancs de titane et des noirs. Sa main arrive à tenir, à la fois, jusqu'à huit pinceaux de petite taille, pour la plupart très fins, et un plus gros pour les cernes noirs. Elle écoute, stoïque, ses criailleries, ses plaintes, longs monologues entrecoupés de « merde, merde ». Il regrette de ne pas assez dessiner : « Le dessin, le dessin, c'est la base de tout. » Un rehaut trop dense, un modelé trop ombré, et le menton de Caroline se dérobe : « Ça ne marche pas. » Un geste brusque et il enlève la toile du chevalet. Elle l'entend marmonner et comprend que son portrait n'est pas fini. Non, certainement pas, un éclair de furie traverse son regard. « Je dois réussir cette tête. »

Parfois, après avoir posé des heures, elle a l'impression que tout cela n'a servi à rien.

Elle est désolée pour lui. Elle a pourtant vu, elle, Caroline, que son portrait a bien tourné. Ce n'est pas l'avis d'Alberto, il faudra revenir et recommencer. Elle sait que le lendemain il doit attaquer un portrait d'Annette et qu'aussi dort, cachée sous ses chiffons, une glaise de Diego. Ils attendront.

Certains soirs, Alberto, épuisé, l'emmène seulement dîner : le récit des journées de Caroline le passionne, il veut tout savoir, chacune de ses rencontres, chacun de ses gestes. Tout. Comment elle s'y prend avec son client qu'elle surnomme « Big » ou encore avec cet autre qui, une nuit, l'a menacée d'une arme. J'ai envie qu'elle me raconte, à moi aussi, comme elle le faisait avec Alberto. Elle hésite à se confier. Je l'encourage. Elle renâcle, se retranche, se mure.

Dans la journée, il y a désormais le retour d'une vieille connaissance, Isaku Yanaihara★,

---

★ Isaku Yanaihara (1918-1989) : professeur, philosophe japonais et traducteur d'Albert Camus.

un Japonais, professeur de philosophie, qui enseigne à la Sorbonne. Il arrive qu'il les rejoigne *Chez Adrien*. Pour un Japonais, ce genre d'établissement est exotique. Happé par la vie parisienne, il avait déjà fait plusieurs longs séjours dans le Paris de l'après-guerre de Sartre et de Camus, loin de son île de Honshu. N'est-il pas le traducteur en japonais de *L'Étranger* ? Et c'est, d'ailleurs, Jean-Paul Sartre qui lui fit rencontrer l'artiste. Yanaihara et Alberto mirent du temps à nouer une amitié, mais, au fil de leurs rencontres, les deux hommes se plaisent et finissent par se trouver. Ils partagent de longues conversations et des soirées en compagnie d'Annette et d'autres amis. Le peintre réussit même à convaincre leur nouvel ami de rester à Paris, afin d'achever son portrait, alors que sa famille l'attend à l'autre bout du monde. Le philosophe restera deux mois de plus que prévu. Il est vrai qu'Alberto sort un argument immodeste et imparable : « Philippe IV d'Espagne n'a pas rendu de plus grand service à son pays et à l'humanité qu'en posant pour Vélasquez. » Il achève de

le persuader en lui disant qu'il attend une ré-
ciprocité d'affection et de participation.

Alberto a besoin d'être en empathie avec
son modèle et de bien le connaître. La fas-
cination se doit d'être réciproque. Caroline
en témoigne. Le faciès d'Isaku Yanaihara le
captive. Comment décrypter l'insaisissable
Japonais ? Que cache-t-il derrière le masque
de son visage ? Sa plastique, avec ses hautes
pommettes, évoque aux yeux de Giacometti
une de ces têtes de la sculpture égyptienne
qu'il aimait copier quand, à vingt ans, il fré-
quentait les salles antiques du Louvre. Il y a
notamment celle d'Aménophis IV et son aspect marmoréen. Celle-là ou une autre.
Avec le visage d'une autre race, Alberto se
heurte à la part indicible de l'être humain.
Alberto s'acharne et s'obstine face au visage
clos et lisse de l'Asiatique. Une expérience
nouvelle, vécue comme un obstacle. Et,
comme à son habitude, il s'y engage tout
entier, y met toute son énergie, submergé
par le doute et le désarroi.

Les deux hommes ne se quittent plus ;
Isaku Yanaihara s'installe dans la vie

d'Alberto. Ils partagent tout, ou presque. Et il s'est même rapproché d'Annette, réussissant à l'amuser et à lui enseigner les rudiments de la langue japonaise. Elle, elle lui apprend à se tenir à table avec une fourchette et un couteau. Pas seulement. Il ne demeure pas non plus insensible à ses charmes. La pauvre Annette mérite bien de se distraire, après tout, elle aussi. Alberto s'en doute et s'en moque. Il tolère. Et lui, ne s'évade-t-il donc pas avec Caroline ? Il lui a tout promis, elle a tout eu, jusqu'à cette voiture de sport rouge. Mais est-ce suffisant pour une femme ?

« Oui, j'ai désiré un enfant d'Alberto. » Caroline rallume une Kool au menthol, qui prolonge élégamment sa main. Elle se racle la gorge, puis reprend, tête baissée : « Hélas, Alberto ne pouvait pas. On a bien insisté, je l'ai même envoyé consulter des spécialistes… Rien n'y pouvait. » La vieille dame écrase son mégot, ne peut se retenir de tordre ses doigts et de se mordre la lèvre, comme si ce chagrin n'était pas éteint. « Je l'ai aimé, cet homme-là… Et il m'occupe toujours… J'étais prête à tout pour lui. »

Une nuit, une fois installée dans la vie d'Alberto, elle que rien n'effraie n'hésite pas à escalader le toit de l'atelier et à entrer par effraction dans la chambre d'Annette et à se planter devant elle endormie pour la provoquer. Les deux femmes s'injurient et en viennent presque aux mains. Le lendemain, Annette raconte tout à Alberto. « Et si elle était tombée ? s'inquiète faussement Annette. – Je l'aurais rattrapée », répond Alberto. Annette veut Alberto tout à elle. « Ce n'est pas possible. Si je ne vois plus Caroline, je ne te verrai plus non plus. » Elle se résigne et se calme. Même lorsqu'il lui avoue l'avoir épousée parce qu'elle porte le même prénom que celui de sa mère, Annetta.

Alberto installe Annette dans un appartement, rue Mazarine. Ce qui n'empêche pas celle-ci de passer le plus clair de son temps rue Hippolyte-Maindron, où, entre autres, elle s'acquitte des tâches ménagères. Caroline, aussi, aura le sien, un deux-pièces, rue

Clouet, à deux pas du métro aérien, dans le XV$^e$ arrondissement. « Un petit local, à peine plus grand qu'une chambre d'hôtel, c'était notre chez-nous avec Alberto. » De la candeur dans l'eau de ses yeux.

Au-dessous de nous, le fracas de la circulation. Elle ne bouge plus, pas un geste, même furtif. C'est curieux, cette façon de se dérober. Je me demande si ce n'est pas une de ses facéties pour éviter de réveiller les souvenirs, pour éviter de fouiller sa mémoire. Peut-être est-ce juste l'émotion. Sans doute. J'ai envie de poursuivre, mais je ne tiens pas à la brusquer. Le silence s'installe à nouveau, rythmé par le démarrage des voitures. Le temps de cinq ou six feux rouges s'écoule. Son regard embusqué cherche le mien, insiste. Ses frêles épaules se sont affaissées. Son œil cherche à me retrouver. Il y a dans ces moments de la gêne et de la perplexité, de part et d'autre. Il me semble que Caroline se lasse de ma présence. Et puis non, finalement, elle se relève d'une traite, godille jusqu'à sa chambre et regagne sa place, une boîte à chaussures entre les mains.

Sur la table, elle dépose le carton, puis ouvre grand les bras d'un geste de théâtre : « J'ai ça pour vous, si ça peut vous intéresser... »

Un escadron de mouettes, virgules blanches dans le ciel, s'agite au-dessus de nos têtes, lancent leurs railleries et ponctuent la terrasse de leur fiente. Caroline fulmine. Un rictus fige son visage et la vieillit. Je me réjouis de ces secrets partagés.

Du carton, elle extrait un petit paquet retenu par un élastique rouge. À la manière d'un jeu de cartes, elle étale quelques photos aux bords dentés, puis elle les dispose comme si elle allait faire une réussite. Sur l'une d'elles, Alberto tend un sucre à un yorkshire, assis sur la banquette du restaurant : « C'est Merlin, c'était mon petit chien, Alberto l'adorait, mais ce n'était pas lui qui m'en avait fait cadeau... » Sur les photos, Alberto se tient souvent voûté et, toujours, une cigarette brûle ses doigts. Il porte les mêmes vêtements, une veste pied-de-poule ou en tweed, une chemise blanche et une fine cravate noire. « Alberto ne sortait jamais sans cravate, c'était une sorte de ficelle, mais il était plutôt élégant, non ? » J'acquiesce.

Je pointe du doigt un tirage noir et blanc, de petite taille, où Alberto est torse nu, l'air effaré, comme s'il avait été flashé par surprise. Cheveux ébouriffés, corps et visage blêmes d'être éclairés par un projecteur trop fort, il donne l'air de sauter sur un lit ; on perçoit un mouvement de bas en haut. Ce cliché me met mal à l'aise, j'ai l'impression de voler une part d'intimité qui ne m'est pas destinée. D'ailleurs, c'est un moment dérobé et je doute que Giacometti ait apprécié qu'on le fixe à cette minute qui n'appartient qu'à lui. Je cache vite le cliché sous un autre, pour essayer de l'oublier.

Les autres photos finissent par toutes se ressembler : Alberto est, la plupart du temps, dans un café ou au restaurant avec Caroline à ses côtés. Oui, elle est omniprésente et lui affiche toujours un air de fatigue. Peut-être est-il, déjà, rongé par le cancer qui l'emportera quelques années plus tard. L'esquisse d'un sourire sur ses lèvres, puis : « Je pouvais compter sur lui, il m'a toujours sortie de mes ennuis…

– Vos ennuis ?

– Oh, rien, des bricoles… Vous savez, je n'ai jamais été très sage, mais il fallait bien se défendre… »

Je n'ose trop la questionner sur ses « bricoles ». Je me contente de froncer les sourcils et j'ai répété « des bricoles »… Elle prend un ton amusé.

« J'étais très jeune, je ne savais pas comment faire un peu d'argent. Oui, bien sûr, j'ai fait des fric-fracs, rien de bien méchant… J'ai dû casser quelques portes d'appartement… C'était pour vivre, juste pour vivre. Mais j'ai eu quelques ennuis. »

Au moment où Caroline prononce ce mot de « fric-frac », tout en légèreté, qui évoque les monte-en-l'air et l'époque révolue des gentlemen cambrioleurs, je revois Arletty qui parle javanais, avec Michel Simon à ses côtés, dans un charmant film d'avant-guerre. Je me dis que, plus jeune, Caroline devait avoir la gouaille et l'insouciance d'Arletty. Ce qui ne devait pas être pour déplaire à Alberto. Je ne peux m'empêcher de sourire.

À vingt ans, on n'est pas forcément raisonnable... Quels genres d'ennuis ? De la prison ?

Caroline se ferme à nouveau avec son air renfrogné, elle ne bouge pas d'un millimètre et je regrette ma question brutale. Derrière elle, le ciel paraît encore plus limpide et inaccessible. Du palier parviennent des voix et des rires. Je consulte ma montre ; presque quatre heures de l'après-midi. J'ai peur que son compagnon ne surgisse d'un moment à l'autre. Je fixe la poignée de la porte d'entrée avec la crainte qu'elle tourne. Une sorte de panique s'empare de moi, mais j'attends que Caroline se ressaisisse. Je n'ose plus lui adresser la parole et décide de patienter. Le bleu du ciel comme une nappe de silence. Un miracle se produit : elle relève son menton et regarde ailleurs.

« Je ne faisais pas que des choses convenables, c'est vrai. Alors, oui, j'ai eu des petits soucis. Ce n'était pas bien méchant, mais Alberto m'a aidée à me sortir de là... Il connaissait du monde, mon Alberto. Et jamais, jamais il ne m'a fait le moindre reproche… Pas une leçon de morale… Non, rien… »

Je la fixe d'une manière attentive et je m'excuse d'avoir été indiscret.

« C'est vieux, c'est du passé… Vous savez, je n'ai plus envie de remuer tout ça. »

Son teint paraît plus pâle et elle laisse tomber la cendre de sa cigarette sur son chemisier. Ses jambes pendent dans le vide et elle balance ses pieds comme pourrait le faire une fillette qui s'ennuie.

« Vous n'êtes pas dans votre assiette ?

– Excusez-moi, je dois contrôler mon taux de glycémie… Le diabète, une vraie saloperie. »

Elle a un petit rire, elle glousse. Elle se lève et je la suis ; nous quittons la terrasse pour le salon. Elle écarte une pile de papiers et de journaux pour s'étendre sur le fauteuil. À mon grand étonnement, d'une trousse elle extrait un attirail médical et se tamponne d'alcool l'index, puis à l'aide d'une aiguille se pique le bout du doigt. Me prend une envie de fuir. Je lui propose de la laisser se reposer et j'essaie de lui sourire.

« Soyez tranquille, je reviendrai, Caroline, je vous le promets.

– Non, restez encore, c'est mieux ainsi. Vous ne me dérangez pas. »

Elle m'entraîne vers la chambre, s'allonge sur le lit, après l'avoir recouvert d'une couverture à carreaux, et se cale la tête entre deux oreillers.

« Nous serons mieux ici. »

Elle m'enjoint de m'asseoir à côté d'elle. Je me tiens en bordure, les bras croisés. Le soleil pénètre de biais et trace de longues lignes obliques à travers la chambre où la lampe de chevet est restée allumée. Caroline donne l'air de s'assoupir et je trouve la situation incongrue.

D'un coup, elle sursaute et ouvre de grands yeux écarquillés. Une sorte de hardiesse l'anime lorsqu'elle me raconte sa visite au Louvre avec Alberto. Jamais la jeune femme n'avait mis les pieds dans un musée. « Avant qu'il m'y emmène, je croyais que c'était une corvée, mais je dois toujours le penser parce que je n'y suis pas retournée depuis. »

Dès leur entrée au Louvre, l'artiste entame un long monologue sur Raphaël et d'autres peintres italiens, Caroline à son côté se tient coite, élève apprentie, en admiration devant son professeur. Il stationne devant un tableau et, après avoir parlé de l'œuvre et de ce qu'il voit, il s'étonne de la présence de gens autour et finit par ne plus dévisager qu'eux. « Il disait que la sculpture en pierre était maladroite à côté de la tête vivante, à ses côtés, et son regard était happé par cette personne ; il ne fixait plus qu'elle. » Soit, mais Giacometti va tout de même au musée pour les œuvres qu'il renferme et établir un dialogue avec elles.

Caroline se relève pour s'adosser au mur. « Moi, j'étais émerveillée, je ne distinguais rien… C'était comme dans un rêve, tout me plaisait. Alberto connaissait tout, il avait tout le Louvre dans la tête, toutes les salles, tous les tableaux, tout ce qu'on a fait depuis toujours… Vous savez, il y venait souvent quand il était jeune pour imiter les grands maîtres, enfin, les copier... Je me souviens d'une de ses phrases : il m'a dit qu'une hache préhistorique peut être aussi belle qu'une sculpture.

— Mais encore, que disait-il de la peinture ?

— Je ne sais plus très bien pour quel tableau il parlait de sa profondeur... Il disait qu'on pouvait y entrer dedans comme dans la musique. Il disait : c'est tellement doux et agréable... Et aussi, il pestait contre des peintures accrochées dans les escaliers, il disait qu'elles valaient mieux que ça...

— Et vous, vous en pensiez quoi ?

— Moi, je n'avais pas d'avis, je me contentais de l'écouter.

— Et vous souvenez-vous d'autres choses ? Êtes-vous allés dans les salles d'art antique ?

— Ah oui ! Oui, les antiques, c'était son truc préféré... On s'est promenés dans les sous-sols du Louvre, au milieu des sarcophages. Moi, ça m'impressionnait. Une fois, il s'est planté net devant un sarcophage et il a dit, je m'en souviens très bien : "La mort finit toujours par remettre les choses en place." »

J'ai envie d'en savoir plus, mais, à tout instant, je crains que le fil fragile qui nous relie ne se brise. Quand Caroline me raconte ses moments avec Alberto, je ne me fatigue pas de les entendre, elle donne parfois l'impression de confondre légende et réalité. Qu'importe. Comment lui en vouloir ?

J'essaie de reconstituer le puzzle de tous ces fragments épars, et la moindre parcelle me réjouit, avec le sentiment de découvrir peu à peu un dessin avec ses arrière-plans lointains ou flous sur lesquels se détachent des éléments plus crus et bien réels. Une ligne d'ombre dégage son visage et, par moments, je ne sais plus s'il s'agit de la Caroline des photographies, de celle des dessins et des peintures ou de celle d'aujourd'hui. Sans doute un peu des trois. Il est à ses yeux avéré qu'elle n'est qu'une. Surgit son regard, une fois de plus. Ces mots d'Alberto : « Ce qui fait la différence entre la mort et la personne, c'est son regard. Si le regard, c'est-à-dire la vie, devient l'essentiel, il n'y a pas de doute : c'est la tête qui est l'essentiel. »

Elle parle très bas et maintenant essaie de se souvenir de son voyage à Londres avec Alberto, lorsqu'il exposa à la Tate Gallery. Elle sent mon oreille attentive, perçoit mon impatience et donne l'air de se concentrer. Je pense à toutes ces heures passées en compagnie d'Alberto, dans les bars où elle aimait raconter ses frasques et n'hésitait pas à en rajouter sur le milieu des filles et des souteneurs. Toutes ces heures, toutes ces nuits avec Alberto...

C'était quelques semaines avant sa rétrospective. Alberto, lui qui ne voyageait jamais, sinon pour rejoindre les siens dans les Grisons, tient à suivre la préparation de son exposition londonienne et à participer à l'installation de ses œuvres. Près de deux cents ont été rassemblées dans une grande salle des sous-sols du musée, en attendant d'être accrochées.

« Elles dégageaient une telle force, je ne sais comment vous dire... » Alberto se poste face à un ensemble de sculptures et considère ses œuvres. Il se tient seul, il murmure, le menton entre pouce et index. Caroline l'entend s'interroger.

« Qu'est-ce que créer ? Faire, faire et refaire. C'est cela créer. Refaire sans cesse. Là où j'en suis. »

Alberto rumine, puis il s'allonge et, à quatre pattes, il se met à retoucher ses plâtres. « En fin d'après-midi, il était gai, j'ai senti chez lui un sentiment d'aboutissement que je ne lui connaissais pas jusqu'alors. »

Annette était restée à Paris, seule, loin des hommages et de la gloire ; privée de vie ordinaire, condamnée à vivre dans l'atelier de la rue Hippolyte-Maindron, dans la fumée des poêles et la poussière de plâtre, lui attaché à son grand œuvre, elle soumise. Caroline n'a pas résisté à l'invitation d'Alberto en Angleterre.

« À Londres, nous formions un vrai couple, il m'emmenait à ses rendez-vous, ce qui était rarement le cas à Paris. Jamais il ne m'a entraînée chez Lipp ou au Dôme, jamais à ses déjeuners avec Sartre ou avec Jean Genet. C'étaient des bavardages entre gens intelligents. Il ne devait pas me trouver assez maligne… Et puis, après tout, je m'en fichais, je n'avais rien à faire avec ces messieurs, c'était plutôt sa vie avec Annette… »

Ensemble, ils font le tour des collections du musée anglais, mais peu de tableaux retiennent vraiment son attention, sinon celui représentant une jeune fille aux longs cheveux allongée au milieu des roseaux, toile devant laquelle s'est arrêté Alberto. Ophélie, probablement. Avec une touchante simplicité, elle me parle des couchers de soleil d'un peintre qui doit être Turner. Alberto ne l'appréciait pas particulièrement, elle oui. Comme à son habitude, il passe de longues minutes devant certaines peintures. Impossible de savoir lesquelles. Je n'insiste pas parce que je sais d'avance que Caroline ne s'en souvient plus. De son voyage à Londres lui revient en mémoire un dîner avec un peintre anglais – son nom lui échappe, mais finit par lui revenir : Francis Bacon.

C'est Isabel Rawsthorne*, une amie commune, modèle de Bacon comme de Giacometti, et même bien mieux que cela,

---

* Isabel Rawsthorne (1912-1992) : artiste peintre anglais, modèle de Derain, Giacometti et Bacon, épouse du compositeur Constant Lambert.

pour les deux, qui fait les présentations. Quand s'avance Alberto, Francis Bacon s'écrie : « Voilà la personne qui m'a influencé plus que tous les autres. » Il le tenait aussi pour l'être humain le plus merveilleux qu'il ait rencontré. Et sa considération le hissait même au panthéon des artistes du siècle, avant Picasso. C'est dire. L'art de Bacon et celui de Giacometti n'ont, a priori, pas de points communs. Si l'on s'en tient au traitement du corps humain : l'artiste anglais exhibe la chair, jusqu'à la scarifier, voire la liquéfier, là où le sculpteur la rend desséchée, quasi momifiée. Au-delà du formel, on peut y voir, pour l'un comme pour l'autre, un souci de brutale vérité de la condition humaine, un même attachement à exprimer l'angoisse de la solitude de l'être confronté à lui-même, être nu totalement exposé. Dans un cas comme dans l'autre, même rapport au corps. Chacun à sa manière le distord et l'interroge. Ils cherchent à exprimer une tension, le « dedans » de l'être, sans pour autant s'attacher au sentiment. Et les deux artistes livrent une œuvre cohérente, un art sans complaisance et sans compromis. Artistes extrêmes, ils se sont concentrés sur un même sujet toute leur vie et, malgré le succès, ils ont toujours occupé le même atelier, sans rien modifier à leur mode de vie. À une époque antérieure, ils auraient été des artistes religieux. Mieux, leur œuvre se situe du côté du sacré. On peut comprendre qu'ils se soient appréciés, bien que leur première rencontre ne se soit pas déroulée sous les meilleurs auspices.

Ce soir-là, dans un restaurant londonien, *Wheeler's*, Caroline assiste à un grand numéro de Francis Bacon, toujours lucide et souvent cruel, sur l'art, l'amour, la mort, ses sujets favoris, qu'il aborde entre deux éclats de rire sonores. Toute la soirée, sanglé dans une veste croisée, chemise à rayures, cravate tricot, Bacon ne cesse de boire champagne, vin et alcools, et plus il boit, plus son discours se détériore en un porridge indigeste. Il est ivre mort. Était-ce aussi l'effet conjugué de l'alcool et du spray de Ventoline dont, à cadence régulière, il se pulvérisait la gorge pour soigner son asthme ? Alberto, plus sobre, se contente de quelques verres de chablis, l'écoute, stoïque, et se limite à des réponses laconiques du genre : « *Who knows* ? »

Alberto ne peut dissimuler son ennui, ce qui attriste Bacon. « Il parlait un français impeccable, mais il était incompréhensible, il avait bu plus que de raison… Alberto m'avait dit qu'il était charmant, mais il devenait mauvais. Au fur et à mesure, son visage ressemblait de plus en plus à ses tableaux, mi-homme, mi-reptile. »

La soirée s'achève avec Bacon soulevant la nappe et tout ce qu'elle supportait, cendriers, verres, bouteilles, assiettes… Ce qui a ravi Alberto et fait, aujourd'hui encore, sourire Caroline. Quant à Isabel Rawsthorne, elle qui était habituée aux excès de son ami Francis, elle l'excusait en répétant avec un fort accent anglais : « Francis a besoin de distiller son étouffement. »

Cette histoire ne m'étonne pas. Dans les années quatre-vingt, lors d'entretiens avec le peintre anglais, j'avais pu me rendre compte, à plusieurs reprises de quoi sir Francis Bacon était capable. Une de ces soirées enflammées d'alcool, une parole malheureuse déclenchait des colères et l'entraînait dans des excès de furie. Pas besoin de ses poings, les mots lui suffisaient pour frapper celui qui avait eu le malheur de se laisser emporter dans une joute contre ses idées. La plupart du temps, sa terrible lucidité lui donnait raison. Une de ces nuits-là, au *Colony*, il s'en était pris à un voisin de bar. Moi, je me contentais de me tapir contre le mur et laissais passer les échanges. Bacon vociférait que l'amour sexuel est plus fort que tout, l'autre l'interrompait, lui reprochant de ne l'avoir pas montré dans ses peintures. « J'ai mis deux hommes nus dans un lit, ils s'agrippent l'un à l'autre. Basta ! Je ne vais tout de même pas peindre un homme fourrant sa queue dans le cul d'un autre ! Ce n'est pas nécessaire ! » hurlait-il, levant sa coupe de champagne au-dessus de la petite assemblée.

Dans les peintures de Bacon, les personnages se coulent souvent dans le décor banal d'un intérieur, comme si leurs corps étaient liés aux objets qui les entourent. C'est ainsi que m'apparaît maintenant Caroline, elle se fond dans sa chambre. À demi allongée, elle se rapproche de moi, elle tire un pan de couverture qui tombe du lit et me fixe droit dans les yeux. Je sens l'acidité de son haleine. « J'aimerais que vous me lisiez… » Elle me tend l'épais volume de *Belle du seigneur* placé sur la table de chevet. D'une voix calme : « S'il vous plaît, juste quelques lignes, un petit passage… » Je saisis le livre qu'elle me donne et je l'ouvre, au petit bonheur. Je lis le début de la troisième partie, chapitre XXXVIII, d'un ton appliqué. Au fur et à mesure de la lecture, Caroline se colle littéralement à moi, et, par instants, je sens une pression sur mon bras, elle tient maintenant son coude serré contre le mien.

« Continuez ! »

Je poursuis :

« Tu es belle, lui disait-il. Je suis la belle du seigneur, souriait-elle. Ariane, ses yeux soudain traqués lorsque, dissimulant son amour, il inventait une froideur pour être plus aimé encore, Ariane qui l'appelait sa joie et son tourment, son méchant et son tourmente-chrétien, mais aussi frère de l'âme, Ariane, la vive, la tournoyante, l'ensoleillée, la géniale aux télégrammes de cent mots d'amour, tant de télégrammes pour que l'aimé en voyage sût dans une heure, sût vite combien l'aimante aimée l'aimait sans cesse, et une heure après l'envoi elle lisait le brouillon du télégramme, lisait le télégramme en même temps que lui, pour être avec lui, et aussi pour savourer le bonheur de l'aimé, l'admiration de l'aimé. »

Les mots d'Albert Cohen se dressent en moi. Je me laisse emporter par le rythme de ses longues phrases et partage ces lignes lues pour Caroline. À nouveau, ses ongles traversent l'étoffe de ma veste, elle serre mon bras encore plus fort. J'attends qu'elle me fasse signe d'arrêter, mais non, d'aise elle dodeline de la tête. Je décide de stopper net, prétextant un manque de souffle.

« Allez, encore un peu, juste un peu.

– Non, non, Caroline, ça suffit. Qu'est-ce qui vous plaît tant dans ce livre ?

– Ce roman est une apothéose. Il m'embarque, il me fait rêver… J'aime Ariane, j'aime Solal, ces personnages merveilleux, j'aime ce roman. Je ne peux vous dire pourquoi… Tout cet amour… J'aime m'y noyer, je m'y noie, ce livre ne me quitte pas, je partirai avec lui. »

Caroline relâche la pression exercée sur mon bras. Un temps, je suis resté immobile et muet, et en refermant le volume de la collection blanche de Gallimard, un morceau de papier est tombé. Quelques lignes griffonnées d'une écriture précipitée : « Je dois partir, j'ai voulu te réveiller, c'est impossible. Je suis en retard, à très vite, Alberto. »

Juste au-dessus de ces quelques mots, la petite tête de Caroline dessinée au stylo à bille. Le papier a été froissé, comme si on l'avait jeté en boule puis récupéré. L'éclair des yeux de Caroline : « C'est tout ce qui me reste d'Alberto. » Je saisis sa main au vol, elle tremble. « Je n'ai plus rien. Je n'ai jamais rien eu, d'ailleurs. »

Elle se lève, chancelle, se redresse, puis la sentence :

« Personne ne peut comprendre notre amour avec Alberto. Un jour, il me demande de le rejoindre à Stampa, chez sa mère. Mais il n'était pas question, pour moi, qu'il me la présente. Vous imaginez… Alors nous avons longé une voie ferrée jusqu'au petit matin et ce fut ma plus belle nuit d'amour. »

Silence.

Des mouches bourdonnent contre les vitres sales de la baie vitrée. Elle fixe le vase aux arums fanés, posé sur la table de chevet, perd son regard dans son eau trouble. Puis : « Je n'aime pas m'abîmer dans les années perdues. Ma famille m'a lâchée, Alberto m'a lâchée. Pauvre Alberto… Non, je n'ai plus rien de lui que mes souvenirs… J'avais encore, il y a peu, un exemplaire de *Paris sans fin*, mais lui aussi a disparu. »

Elle tousse et sa voix étranglée exprime sa passion pour les dessins de cet ensemble de lithographies.

« Vous connaissez ce livre ? Vous savez, c'est un peu de notre vie à Alberto et à moi. On sillonnait la ville dans ma petite voiture rouge et Alberto crayonnait. »

La nuit tombe, la MG rouge descend la rue Saint-Denis, Caroline au volant, un foulard sur la tête, Alberto assis à ses côtés, à l'avant, emmitouflé dans un épais manteau. L'air picote en cette fin de mois mars, et, dans leur cabriolet décapoté, on pourrait les prendre pour des touristes. Alberto est excité, à l'affût des filles sur les trottoirs. Ses yeux virevoltent ; il demande à s'arrêter, et Caroline gare l'auto à cheval sur un bas-côté. Crayon en main, une fébrilité à fleur de peau, Alberto trace les façades d'immeubles qui s'ouvrent sur le ciel. Sa main s'abandonne sur la feuille du carnet, nul ne peut l'arrêter.

« C'était comme s'il était envahi par une sorte d'ivresse. »

Caroline remet le contact, et le cabriolet glisse jusqu'à la place du Châtelet. Puis le couple se poste au bord de la fontaine. Érigée dans l'encre de la nuit, la tour Saint-Jacques veille. L'artiste reprend son crayon, et quelques traits suffisent à noircir sa feuille : une ou deux silhouettes au premier plan, des ramures d'arbres sans feuilles et, plus haut encore, la tour et ses gargouilles suggérées. Ce sera tout pour ce soir-là, ils retournent rue Clouet dans l'appartement de Caroline. Mais, avant de rentrer, ils stoppent boulevard Garibaldi : là, sous leurs yeux, file le métro aérien entre les arbres et les façades d'immeubles. Alberto ne résiste pas. Sa main court sur le papier, sans hésitation, sans repentir. Caroline ne l'a jamais vu travailler ainsi, il a l'air presque heureux.

Il y aura d'autres soirs, d'autres nuits, sans itinéraire précis, à circuler dans Paris. Alberto respire. Il aime cette ville au détour de chaque rue, il l'aime comme moi-même je peux la parcourir, à pied, des nuits entières. Ils suivent la Seine jusqu'à la tour Eiffel, s'arrêtent encore. Le temps de la dessiner. Il demande à sa compagne d'accélérer, de doubler une voiture trop lente. Puis ils s'attardent à la terrasse d'un café-tabac, avant de s'attabler au restaurant *Bleu*, un auvergnat qui sert des viandes épaisses, près de la rue d'Alésia. Il ne lâche pas son crayon, remplit les pages blanches de ses lignes cursives.

Une autre fois, une fin d'après-midi, ils se rendent au Muséum d'histoire naturelle. Et les carcasses d'éléphants donnent l'impression d'avancer et de monter à l'assaut. Plus loin encore, il s'attarde sur un coin de rue, l'enseigne d'un coiffeur, une horloge. Et parfois les routes qu'il dessine, avec le tableau de bord du petit bolide au premier plan, semblent mener vers un ailleurs.

*Paris sans fin* s'ouvre sur un corps de femme nue, de profil, qui s'élance dans le vide, dans la diagonale de la page. Son trait sinueux ondoie. Suivent des fragments de la vie du peintre : visions fugitives de Paris, comme des images saisies à la volée, qui unissent l'homme, l'artiste et la ville. Un Paris d'architectures, de cafés, de terrasses, les tours de Saint-Sulpice, l'atelier et ses sellettes aux statues, aux tables chargées de livres, la tour Eiffel, la tour Saint-Jacques, le quai de Montebello, Notre-Dame, des bus, des autos, des bouches de métro, des carrefours aux passants pressés, la rue Saint-Denis au crépuscule, les ateliers du lithographe Mourlot, les squelettes humains dans la pénombre du Muséum… Et tout son entourage familier : l'éditeur Tériade, les filles de *Chez Adrien*, Dany nue dans une chambre d'hôtel de la rue Vavin, Isabel Rawsthorne, Diego, Annette et Caroline. Caroline encore et encore.

L'immédiateté est perceptible sous chaque trait, rapide comme une flèche. Le crayon fait vite, sans reprises, et Giacometti fait corps avec sa ville. « *Cane come me, Donna come me, Città come me* » écrivait Malaparte. Toutes ces séquences livrées à la manière d'un cinéaste donnent le sentiment d'un Paris intemporel, précis et imprécis tout à la fois. Ce journal de bord se referme sur un homme de dos, comme un adieu à la vie. Pas de possibilités de revenir en arrière, de recommencer, de gommer ou d'effacer. Ce *Paris sans fin* représente, peut-être, l'aboutissement de l'art de Giacometti. Et une sorte de revanche du dessin sur la peinture et la sculpture.

Moi aussi, longtemps, avec la nuit commençaient mes jours. Moi aussi, j'ai passé des nuits entières à tourner dans Paris, dans ce Paris sans fin. La nuit comme un étai, un repli, la nuit comme un mensonge. Combien de fois ai-je parcouru ses rues à pied, souvent seul, à rôder sans but, sans alibi ? En voiture, prendre en enfilade les boulevards de ceinture, descendre les larges avenues, se perdre dans les petites rues, Montmartre, place d'Italie, la Madeleine, Pigalle, zigzaguer d'un quartier à l'autre, glisser dans ses voies comme un traîneau sur la neige. Combien de nuits à divaguer, à se vider de son identité, à succomber à une anarchie douce ? Suivre un impossible labyrinthe d'ombres aimées.

Durant la nuit, Paris redevient sauvage. Une autre vie s'ouvre à vous. Ses nuits, ses rues, m'appelaient et j'avais besoin de leur ivresse. Paris la nuit qui vous prend et vous absorbe. Il y a tous ses lieux, ses itinéraires et sa population nocturne, des gens qui ne vivent que la nuit ; le jour, ils s'effacent, ils n'existent plus, vous ne les voyez plus. Au petit matin, le sucre des néons trop rose fond et la grisaille se réveille. Alors, vous attendez la tombée du soir. Et recommencez Paris, mon aventure.

Autour de nous, tout s'est calmé, même la volée d'oiseaux s'est tue, on entend à peine le bruit des moteurs. Caroline et moi sommes accoudés à la rambarde de fer forgé, nous regardons en direction de la mer. Souffle une légère brise. Le soleil entame son plongeon. En bas, les voitures roulent à faible allure, embouteillages de fin d'après-midi. Elle aspire une longue bouffée de cigarette. Elle dit manquer d'air.

« Vous ne devriez pas…

— Je sais. Mais je n'ai plus rien à craindre. Plus rien. Je n'ai même pas peur d'être malade, ni d'être seule. C'est le privilège des vieilles personnes comme moi. »

Nous restons un moment à contempler la promenade, les palmiers au premier plan, plus loin l'horizon. Dans l'air circule une odeur légèrement soufrée qui se mêle à celle, mentholée, de sa cigarette. Caroline fixe le lointain et me jette de temps à autre un regard complice, faussement tendre. Et je me dis qu'à ce moment précis d'autres retraités doivent, eux aussi, sur leur balcon, attendre que le soleil rouge s'enfonce dans la mer. À mon tour, je l'observe enveloppée dans son châle, tête dure, penchée en avant, tendue sur son cou rigide. La ligne sèche de son profil dégage une certaine beauté. Je pense à elle quand l'avenir, paysage brumeux, s'étendait devant elle. Giacometti face à son modèle immobile : songeait-il qu'il devrait, un jour, lui aussi, sombrer dans la mort ?

Février 1963. Depuis quelque temps, Alberto ne dit rien de ses maux, son estomac le brûle, il a une mine de papier mâché, il ne se plaint pas, il travaille. On lui enlèvera les quatre cinquièmes de l'estomac. Il s'en remet. En décembre 1965, il se sent faible, épuisé. Il respire mal. Ce n'est pas ce qu'il craint, il pense à une rechute de son cancer à l'estomac. Les médecins, qu'il finit par consulter, diagnostiquent des problèmes respiratoires graves avec des complications circulatoires. Dans son atelier, il laisse derrière lui une sculpture, le buste d'Elie Lothar, un ami photographe qui partageait avec lui et Caroline les nuits de Montparnasse, et un portrait de Caroline, sa dernière peinture.

Alberto est hospitalisé près des siens, en Suisse, à l'hôpital de Coire, un grand bâtiment en béton, situé dans les collines de son enfance. Une chambre comme une autre, avec rien de trop. Au mur, face à lui, est accrochée la reproduction d'un banal paysage représentant les Alpes. À ceux qui lui rendent visite, Diego, Annette, il dit : « Si seulement je pouvais en faire autant. » Annette a pris une chambre d'hôtel et passe ses jours dans les cafés à tuer l'ennui. Alberto ne supporte pas son comportement, elle devient irascible, elle dit : « J'en ai marre de Giacometti. » Prévenue, Caroline prend le train et retourne à Coire.

« À l'hôpital, j'ai éprouvé un choc. Alberto était très fatigué, plus que d'habitude. Il avait le teint gris, des yeux jaunes… »

Elle baisse la tête, fixe ses bottines.

« Ils lui avaient mis un appareil respiratoire. J'ai pris conscience qu'il nous abandonnait… C'est triste ce que je dis là, mais j'étais plus que triste. Le chagrin m'envahissait et j'essayais de le contenir. Oui, il a tenté de me sourire et il a ouvert la bouche : "La mort s'apprête à me cueillir. Comme je me suis donné du mal pour rien du tout…" Des larmes coulaient le long de ses joues. »

Caroline passe une journée à ses côtés à le regarder somnoler et elle retourne à Paris en train. Quelques jours après, inquiète, elle ne peut s'empêcher de revenir. Annette ne supporte pas ses visites, de peur qu'elle ne profite de la situation. Alberto répète à ceux qui veulent l'entendre : « Je ne veux pas qu'Annette touche à mes affaires. » Il demande à rentrer à Paris pour remettre de l'ordre dans son atelier. Dehors, la neige tombe à gros flocons. Autour de lui, Annette, Diego, Bruno, son autre frère, et Caroline.

« Vous êtes tous là, cela veut dire que je vais mourir. »

Dans le couloir, des cris, Annette et Caroline s'écharpent, puis se ressaisissent. Alberto réclame Caroline, seule. Elle lui tient la main, une dernière fois, ses doigts froids la serrent, l'agrippent. Quand Caroline ferme la bouche du mort, elle pense à une de ses sculptures. Dehors, la neige continue à tomber.

Une photo d'Herbert Maeder montre le cortège funèbre en direction du petit cimetière de Borgonovo-Stampa, dans la lumière glacée de la vallée de son enfance. Une voiture tirée par un cheval suivie d'Annette, de Diego, de Bruno, du marchand Pierre Matisse et de quelques proches… Une petite foule en marche, la neige pour linceul. Quelques pas derrière, Caroline, toute de noir vêtue.

De l'autre côté de la rue, les immeubles élèvent leurs façades silencieuses. Le ressac du vent heurte les obstacles de la ville, les fils électriques se mettent à siffler. D'un coup, une fraîcheur descend et nous sommes rentrés nous asseoir sur les fauteuils au velours usé, autour de la table basse chargée des restes d'un repas. Sur les murs, la lumière lave les ombres et un cerne foncé ourle les contours de son visage. J'ai beau écarquiller les yeux, je ne distingue plus très bien la Caroline d'Alberto, juste une petite dame en état de lucidité inerte. Je partage avec elle mon impression d'abandon.

« Oui, nous sommes seuls. Comme si on nous avait oubliés. »

Elle sourit, disant cela, et son sourire suffit à réveiller ses traits d'antan comme la ligne d'un dessin avec ses repentirs. Son visage si étrange ne tient que par son regard. Et ses yeux qui m'obsèdent. Elle se lève, ne tient plus en place, comme sans but, manque de trébucher sur le vieux tapis marocain. Elle se dirige maintenant vers la chambre. Je m'attarde une nouvelle fois sur le portrait au mur, la belle femme au long cou, un corbeau perché sur l'épaule. Elle prend son temps, ne revient pas tout de suite. Je m'inquiète, mais elle finit par réapparaître les lèvres rouges dans un nuage de Guerlain. Coquette. Je sais qu'il est grand temps de prendre congé, mais je ne me résous pas à la laisser. Elle se pose à la manière d'un oiseau sur le rebord du fauteuil.

« Tenez. »

Elle me tend une coupure de journal. Un titre en gros caractères barre la une de *Nice-Matin* : « Giacometti : l'homme qui vaut cent millions de dollars ». Je lis à haute voix : « Alberto Giacometti dépasse d'une courte tête Pablo Picasso, dont un tableau avait atteint en 2004 la bagatelle de

74,2 millions d'euros. Mais ce nouveau sommet surprend dans une période de récession, donnant un signe fort de la vitalité du marché de l'art. »

Je me contente d'un haussement d'épaules.

« Non, ne croyez pas cela, il aurait été heureux d'être passé devant Picasso. Mon Alberto, ma Grisaille... Vous savez, il ne voulait plus le recevoir... Il me disait : "Picasso fait feu de tout bois." »

Caroline me considère de ses yeux vert d'eau et replie avec soin le rectangle de papier journal.

« C'est plutôt drôle, non ? La Chase Manhattan Bank de New York avait refusé cet *Homme qui marche*, et cette œuvre est devenue la sculpture la plus chère de tous les temps... Quel pied de nez !

– Alberto se fichait pas mal de l'argent. Il m'offrait tout ce que je désirais. Il donnait tout ce qu'il gagnait. J'en sais quelque chose. Ça ne comptait pas pour lui... Il n'y avait que son travail qui l'illuminait.

– Et vous ! »

Elle rit. Suit une quinte de toux. Elle s'excuse.

« Ah ! Moi… C'est autre chose… »

Son regard se clive. Elle me propose un apéritif. Je décline, mais elle insiste.

« Vous ne voulez rien boire, vous êtes sûr ? Il me reste un fond de Campari. »

La lumière commence à baisser. Caroline allume une petite lampe posée sur la table près de l'entrée. Je lis des marques de fatigue sur son visage et préfère la laisser. Elle me fixe une dernière fois, et je sais qu'aujourd'hui, aujourd'hui ou les autres jours, elle ne me racontera rien de plus. J'ai bien compris qu'elle préférait garder encore des secrets pour elle. Aux mystères de Caroline répondent les énigmes d'Alberto.

Nous nous embrassons avec la promesse de nous revoir. Quand Caroline ferme la porte derrière moi, je sens un soulagement et reste un moment abasourdi sur le palier. Un long silence suivi de la sonnerie du téléphone. Caroline décroche et je discerne, à travers la porte, sa voix grêle, à peine distincte : « Tu peux monter. » Puis, au bout de quelques secondes, elle allume la radio, qui diffuse une musique de variétés.

Je choisis de descendre les étages à pied. Par endroits, les marches de marbre blanc sont ébréchées. J'entends le moteur de l'ascenseur. Arrivé au niveau du deuxième, je distingue à travers la grille la silhouette d'un homme d'une soixantaine d'années, une serviette en cuir à la main. Nos regards se croisent, mais je serais bien incapable de le décrire. J'ai juste aperçu sa calvitie et sa tenue sombre.

En sortant de l'immeuble, je ne peux retenir un long soupir. Garée sur le trottoir d'en face, je remarque une camionnette blanche sur laquelle est inscrit « TOUTNET Nettoyage et tous travaux d'entretien » suivi d'un numéro de téléphone portable.

Sous le ciel qui semble d'été, l'ombre d'un avion et le vrombissement de ses moteurs, je remonte la promenade. Des enfants glissent sur des planches à roulettes entre les passants. Aux terrasses des cafés, toutes les chaises et les têtes sont tournées en direction de la mer, où le soleil a disparu. Du haut de son belvédère, une vieille dame observe le ciel, elle aussi, comme toutes les fins d'après-midi. Me reviennent ses mots : « J'étais sa démesure. »

**Fayard** s'engage pour
l'environnement en réduisant
l'empreinte carbone de ses livres.
Rendez-vous sur
www.fayard-durable.fr
L'empreinte carbone en éq. $CO_2$
de cet exemplaire est de 350 g

PAPIER À BASE DE
FIBRES CERTIFIÉES

Achevé d'imprimer en France en novembre 2018
par Dupliprint à Domont (95)
N° d'impression : 2018110277 - N° d'édition : 2709665/06